FRAZIL

(1980 – 2017)

Translated to Indonesian from the original English publication of
FRAZIL (1980 – 2017) by Paperwall Media & Publishing

MENKA SHIVDASANI

Ukiyoto Publishing

Semua hak penerbitan global dipegang oleh

Ukiyoto Publishing

Diterbitkan pada tahun 2025

Hak Cipta Konten © MENKA SHIVDASANI

ISBN 9789370093249

Semua hak cipta dilindungi undang-undang.
Tidak ada bagian dari publikasi ini yang boleh direproduksi, ditransmisikan, atau disimpan dalam sistem pengambilan, dalam bentuk apa pun dengan cara apa pun, baik elektronik, mekanik, fotokopi, rekaman, atau lainnya, tanpa izin terlebih dahulu dari penerbit.

Hak moral penulis telah ditegaskan.

Ini adalah karya fiksi. Nama, karakter, bisnis, tempat, peristiwa, lokasi, dan kejadian merupakan hasil imajinasi penulis atau digunakan secara fiktif. Kemiripan apa pun dengan orang yang sebenarnya, baik yang masih hidup maupun yang sudah meninggal, atau peristiwa yang sebenarnya adalah murni kebetulan.

Buku ini dijual dengan ketentuan bahwa buku ini tidak boleh dipinjamkan, dijual kembali, disewakan, atau disebarluaskan, tanpa persetujuan penerbit, dalam bentuk penjilidan atau sampul apa pun selain yang digunakan untuk menerbitkannya.

www.ukiyoto.com

Ucapan Terima Kasih

Beberapa puisi dalam buku ini telah muncul sebelumnya, baik di media cetak, radio, jurnal elektronik, dan televisi.

Ledakan, Plume, November 2017

Cara Membunuh Tikus, Truk, Amerika Serikat, 2016

Lebah, Semua Dunia di Antara: Sebuah Proyek Puisi Kolaboratif antara India dan Irlandia, diedit *oleh* K. Srilata dan Fióna Bolger, Yoda Press, 2017

Pedalaman, Perahu Mabuk, 2016

Daun Almond, The Hindu, 2017

Pekerjaan Perbaikan, Australian Broadcasting Corporation, presentasi video, 2016

Perempuan yang Berbicara pada Teko Susu, Penjahit, Puisi@Sangam, 2014

Puncak dan Palung, Ibu Bumi, Suvarnarekha, 2014

Bird Woman: How2 dan The Harper Collins Book of English Poetry, 2012

Setiap Wanita adalah Pulau, Menunggu: Bengal Lights, Musim Gugur 2012

Untuk Wole Soyinka, Keberangkatan, Pembuat Rumah, Ruang Pikiran, The Harper Collins Book of English Poetry, 2012

Sebuah Surat untuk Veena, Perjalanan yang Belum Selesai, Indian Voices, Kanada, 2011

Kualitas Kegelapan, Nisan, Marionette, Pembersihan Musim Semi, Mengapa Kelinci Tidak Pernah Tidur, Dekorasi Interior, Puisi oleh 54 wanita dari 10 bahasa, 2010

Pembersihan Musim Semi, Di Po Lin, Lantau, Epitaf, Tanah Tak Bertuan, Buku Penyair India Kontemporer, 2008

The Clinging Vine, Dunia Perubahan, New Way Media Fest, Amerika Serikat, 2016

Pengakuan Ateis, Seminary Ridge Review, 2016; Sastra India dalam Bahasa Inggris: Sebuah Antologi, buku teks gelar Sarjana Seni Tahun Kedua dari Universitas Mumbai, 2015.

Catatan Bass, Menghadapi Cinta: Puisi, diedit oleh Jerry Pinto dan Arundhathi Subramaniam, Penguin, 2005

Stet, Bass Notes and *The Vulture's Song*, Fulcrum, Cambridge, Massachusetts, USA, 2001

Stet, Lidah yang Dijaga: Penulisan dan Penyensoran Perempuan di India, 2001

Kualitas Kegelapan dan *Makam*, Sastra Hidup (Penulisan Baru dari India dan Inggris), British Council, New Delhi, Musim Dingin 1996-97

Schoolgirl No More, Banyak Gunung Bergerak, Boulder, Amerika Serikat, 1995

Di Po Lin, Lantau dan *Pesta Teh*, Ulasan Puisi, London, Musim Semi, 1993

The Divided Base, ARC, Kanada, Musim Gugur 1990

Spring-Cleaning, An Anthology of New Indian English Poetry, diedit oleh Makarand Paranjape, Rupa & Co, New Delhi, 1993; Sastra India, Sahitya Akademi

Surat untuk Veena, Debonair (edisi ulang tahun, 1993)

Mengapa Kelinci Tidak Pernah Tidur, buku harian Kali untuk Perempuan, 1997

The Head, Sastra India, Sahitya Akademi; *Both Sides of the Sky*, diedit oleh Eunice de Souza, National Book Trust, 2008

Red Riding Wood, Setengah Tahunan Sastra

Papan Selam, Sajak India oleh Penyair Muda, Kalkuta, sebuah antologi yang diedit oleh Dr. Pranab Bandyopadhyay, Kalkuta, 1980

Harga Kentang, The Brown Critique, Januari-Maret 1995

Seekor Gagak Menemukan Kakinya, Muse India, 2016

Puisi-puisi dalam buku ini telah muncul dalam tiga koleksi sebelumnya - *Nirvana di Sepuluh Rupee* (diterbitkan oleh Adil Jussawalla untuk XAL-Praxis, 1990); *Stet* (pertama kali diterbitkan oleh Sampark, 2000) dan *Safe House* (Paperwall Media and Publishing, 2015). Dua yang pertama sudah tidak dicetak lagi selama beberapa dekade.

Puisi-puisi *dalam Nirvana... pertama* kali diterbitkan pada tahun 1970-an dan 1980-an di berbagai publikasi, *termasuk The Times of India, The Illustrated Weekly of India, Debonair, The Indian PEN, Imprint, Telegraph, Kavi India,* ELT *Forum Journal of English Studies, Kavya Bharati, Femina, Mirror, Mid-Day, The Literary Endeavour, Indian Literature* dan *Kankavati (dalam* terjemahan bahasa Gujarat*).*

Thanks to Kadek Sonia Piscayanti for her editorial inputs in the Indonesian translation.

Sebuah Pengantar

Selalu bijaksana untuk membiarkan puisi berbicara sendiri, tetapi ketika seseorang mengumpulkan hampir empat puluh tahun menulis, seseorang harus mengambil risiko untuk mengatakan beberapa patah kata tentang mereka.

Dalam pengalaman saya bergelut dengan puisi selama lebih dari empat dekade, saya selalu merasa bahwa di luar satu titik, puisi-puisi itu tidak ada hubungannya dengan saya. Kadang-kadang mereka merayap masuk dengan tenang; di lain waktu, mereka merobek tirai di tengah-tengah badai, tetapi ketika saya mencoba menjinakkan mereka, menjadikan mereka milik saya, mereka menetap di sudut, menatap dengan tajam, bersikeras agar saya meninggalkan mereka sendirian. Terkadang, di tengah-tengah pertarungan, mereka melompat keluar dari jendela dan menghilang. Butuh beberapa saat agar goresan pada kulit saya sembuh.

Puisi-puisi dalam buku ini berasal dari masa remaja saya dulu. Saya mulai menciptakan syair - saya tidak akan menyebutnya puisi - jauh sebelum itu, pada usia delapan tahun, beberapa di antaranya dianggap layak untuk dicetak oleh surat kabar *Bharat Jyoti* dan *Free Press Journal*. Untuk ini, saya berhutang budi pada Rajika Kirpalani yang tidak akan pernah bisa saya lunasi; Rajika, seorang jurnalis lepas yang meninggal dunia pada usia 26 tahun, meyakinkan para editor bahwa anak-anak harus diberi semangat. Dalam buku catatan saya pada waktu itu, Terry, seekor anjing yang diciptakan, muncul [*'Terry adalah anak anjing kecil saya/ rambutnya berwarna hitam dan putih. Dan ketika dia bergulung-guling di lumpur/ Dia selalu terlihat menarik*]. Seorang pria aneh muncul; dia *'cantik seperti kodok / sombong seperti babi / Dia tidak pernah memakai topi / tapi dia selalu memakai wig*].

Pada usia empat belas tahun, ada filosofi mendalam dalam sebuah sajak dua baris yang membuat saya merasa ngeri *hingga saat ini*: "*Saya adalah sebutir pasir di dasar lautan kehidupan yang luas/ Dengan gelombang rasa sakit dan kegembiraan dan cinta yang mengalir di atas saya.* Pada hari terakhir saya bersekolah, di usia lima belas tahun, sebuah puisi panjang *tiba - 'Saya sekarang tergantung pada seutas benang perak/ di atas jurang masa lalu/ Jalan di depan sempit dan panjang, lembah di bawah sangat luas.*

Empat puluh tahun kemudian, kadang-kadang terasa seperti akhir dari jalan, dengan benang-benang perak di kulit kepala saya. Di lembah di bawah, saya dapat mendengar serigala melolong, terkadang bergerombol, dan anjing hutan melolong ke arah bulan. Saya tidak bisa mengundang mereka masuk, karena seperti puisi, mereka adalah milik alam liar, dan akan mencabik-cabik saya jika mereka datang ke rumah.

MENKA SHIVDASANI

Isi

Ledakan	1
Cara Membunuh Tikus	2
Apa yang Kita Lakukan Terhadap Tuhan Kita	4
Lebah	6
Bawah tanah	7
Frazil	8
Hinterland	9
Daun Almond	11
Seluruh Kesepakatan	12
Layang-layang	14
2000 - 2015	15
Pesta Teh	17
Di Po Lin, Lantau	19
Catatan Bass	21
Para Penyusup	22
Basis yang Terbagi	24
Kembali ke Kekosongan	26
Surat untuk Veena	27
Untuk Wole Soyinka	29
Kualitas Kegelapan	30
Sarkofagus	32
Tulisan di batu nisan	33
Mindscape	35
Keberangkatan	37
Kepala	38
Pemakaman, Jarak Jauh	40
Tanah Tak Bertuan	42
Kolam Rahasia	43

Selingan	45
Pekerjaan Perbaikan	46
Buku Harian Ibu Rumah Tangga yang Gila	47
Puncak dan Palung	49
Nyanyian Burung Bangkai	51
Di Balik Pintu	52
Tersihir	54
Sebuah Dunia Dalam	55
Surat untuk Rilke	56
Kapal karam	58
Sepuluh Sempurna	60
Marionette	62
Antara Poros dan Bahu	65
Wanita Burung	67
Setiap Wanita adalah Pulau	70
Wanita yang Berbicara dengan Panci Susu	71
Menunggu	73
Tigress	75
Air Terjun	77
Iron Woman	79
The Clinging Vine	80
Penjahit	81
Terbuang	82
1980 - 2000	83
Kristal	85
Engsel	86
Dongeng Hari Ini	87
Schoolgirl No More	89
Papan Selam	91
Stet	93

Pembersihan Musim Semi	94
Mengapa Kelinci Tidak Pernah Tidur	96
Dachau	98
Berkancing	99
Kekasih, Pecundang, Pecandu	101
Kayu Berkuda Merah	104
Apakah Anda di sana?	106
Pengakuan Sang Ateis	107
Ramayana Ditinjau Kembali	109
Rokok	111
Tujuan	112
Alasan untuk Hidup	113
Chip Mika	114
Candle Night	116
Mengubah Ego	118
Pengendalian Hama	120
Skizofrenia	122
Aman-aku pikir	124
Oceans Away	126
Senyum Kertas	127
Teh untuk Dua Orang	128
Planet	129
Kecoa	130
Hal-hal yang dapat dilakukan	131
Off-Track	133
Perjalanan yang Belum Selesai	140
Noda Darah	143

Ledakan

Ketika Anda memiliki banyak hal untuk dikatakan
tetapi pilihlah pintu yang digembok
dan rasakan kisi-kisi kunci yang berkarat
di atas lidah Anda, tuas
klik dan pindahkan, meskipun tidak ada yang tahu.

Keheningan turun seperti kupu-kupu di atas kayu
berkibar dan menggoda dengan butiran yang tidak henti-hentinya.

Teror-teror ini tidak memiliki kecanggihan,
tidak ada plutonium yang mengular di paha jeli.
Mereka jatuh seperti pecahan peluru dari tembok yang dibom,
mereka melapisi lidah Anda dengan arang.
Burung-burung flamingo telah meninggalkan kota kami;
tanah rawa ini berputar-putar dan berdeguk di tenggorokan saya.

Pintu yang digembok telah dibuka paksa sekarang
tetapi keheningan itu melekat seperti jelaga.

Cara Membunuh Tikus

Tugas ini hampir mustahil.

Pemenggalan kepala sangat mudah dilakukan akhir-akhir ini, t
etapi tidak dengan tikus. Desir ekor di bel
akang meja makan; tikus itu sudah pergi.

Anda tahu tikus itu masih ada di sana di pa
gi hari saat lapisan krim dad
ih yang lembut digigit-gigit. Tutupnya jatuh dengan bunyi dent
ing di malam hari, tetapi tidak ada yang mendengarnya.

Sepotong keju, Anda telah diberitahu,
akan berhasil; renda dengan ci
nta dan satu atau dua tetes dari tabung racun. Anda melihatnya
mengumpulkan jamur,
lalu membuangnya.

Sepotong kue tikus, kemudian,
berwarna seperti batu bara,
rapuh seperti hatimu.

Kamu
menyembunyikan sepotong di setiap sudut,
percaya bahwa ruangmu aman.

Kamu telah membangun dunia ini di sekitarmu,

Mumbai hingga Mosul,

Kabul hingga Kashmir,

Peshawar hingga Paris...

seluruh dunia adalah rumah Anda,

tetapi ada tikus. Sofa

Anda menjadi bunker musuh,
digigit di bagian bawah

dengan lubang untuk melarikan diri - tempat ber
lindung yang aman dari sapu dan kehendak mati Anda.

Jika Anda mendapatkannya, sembilan lai
nnya akan lahir di parit.

Terkadang, saat Anda menonton TV,

atau membaca kitab suci Anda,

Anda bertanya-tanya tentang pembu
nuhan dan keyakinan Anda sendiri.

Tidak, tidak mudah untuk membunuh seekor tikus,

tetapi apa yang diperlukan untuk hi
dup deng
an musuh di ba
wah kulit Anda?

Apa yang Kita Lakukan Terhadap Tuhan Kita

Saat paha perenang disikat
dengan melewatkan ikan - jadi
ada kalanya Tuhan
ada di dalam diri Anda, dan Anda tahu...
           Sándor Weöres

Kami mengambil ikan mentah,
mengarungi lautan dengan pukat yang penuh kebencian,
menurunkan jala dan membawa kembali sampah
dengan beberapa kerang yang tersesat
terengah-engah dalam antrean.
Kami menyaksikan mereka mati dan tersenyum
karena kita akan memiliki makanan malam ini

dan Tuhan Maha Besar.

Kadang-kadang, karena lebih menyenangkan dengan cara yang sederhana,
kami menombak mereka dengan batang besi dan ujung yang runcing,
menyelam di bawah air untuk mengejar mereka.
Mereka mengurus bisnis mereka sendiri di terumbu karang,
tetapi bumi adalah milik kita, dan lautan juga;
kami mengklaim laut yang memerah.

Kami melihat mereka menggeliat, dan kami tersenyum,
karena kita akan makan malam
dan Tuhan Maha Besar.

Kami menangkap mereka, menusuk mereka, menenggelamkan
barisan kami.
Kita masih baik, karena kita menyebut dan mengucap nama Tuhan
saat kita melayani kematian di meja makan kita

dan rasa di lidah kami sangat enak.

Lebah

Mereka tergeletak mati di lantai kamar tidur,
lusinan, dan lebih banyak lagi di ambang jendela,
berbagi ruang tapi tidak pernah saat saya berada di sana.

Aku tidak mendengar dengungan madu mereka
tetapi menyapu mereka dan bertanya-tanya tentang rumah mereka,
di mana mereka membangunnya, dinding apa yang kami gunakan bersama.
Kemudian, saat saya melemparkan sayap yang dibungkam ke tempat sampah,
Saya melihat lebih banyak bintik hitam terbang,
tepat di luar di mana saya pikir kamar saya aman.
'Mereka menyengat,' kata sang ahli. "Singkirkan mereka.
Tangannya membengkak, tetapi ada madu di lidahnya.

Kami memburu mereka dari balik papan kayu,
di mana mereka telah membangun rumah yang tidak akan ditemukan oleh siapa pun,
begitu tepat, begitu sempurna dalam oktagon terstrukturnya.

Sekarang saya membawa rasa manisnya yang sudah diperas ke dalam toples,
sendirian lagi, kecuali satu ratu lebah itu
yang terus mengepakkan sayap
bertanya-tanya di mana rumahnya menghilang.

Bawah tanah

Dipetakan dengan cermat namun masih membingungkan
bagi Anda, yang tidak terbiasa dengan warna-warna yang ditentukan,
labirin bawah tanah ini mengarah ke rumah.

Tidak ada merpati yang bisa melewati rambu-rambu neon ini,
atau cacing tanah yang pernah tinggal di sini
sebelum mesin-mesin membuat terowongan di dalam tanah yang mereka kenal dengan baik,
menakut-nakuti mereka semua.

Bayangkan Anda adalah cacing tanah yang mencoba untuk kembali
untuk menemukan ruang yang sudah dikenal dan yang Anda sukai,
menolak untuk percaya bahwa mereka telah menghilang
di dunia baru yang penuh dengan gerakan dan baja ini.

Geser jalan Anda melewati konter tiket
tidak terlihat melalui semua kaki yang bergegas.
Mereka akan menghancurkan Anda tanpa sadar,
tetapi apa yang akan lebih buruk
adalah jika mereka membunuh karena Anda tidak pantas.

Temukan tujuan Anda melalui garis-garis berwarna ini;
masing-masing akan membawa Anda ke suatu tempat.

Frazil

Seperti kristal es yang terbentuk dalam air yang bergolak,
Anda menggantung tergantung, di zona glasial Anda,
membiarkan arus berputar di sekitar Anda
di laut yang berombak.

Dalam dinginnya ruang yang berputar ini, Anda merasa aman;
Anda tidak tahu apa-apa tentang dunia luar,
belum pernah mendengar tentang pemanasan global atau es yang hanyut.

Terkadang cahaya hangat dari Cahaya Utara
memandikan cangkang beku yang berada di atasnya.
Kemudian warnanya menjadi hitam, tetapi Anda juga sudah terbiasa dengan hal itu.

Kristal dalam cairan ini berkilau, terus bersinar.
Percayalah bahwa dunia itu jauh;
percaya bahwa Anda masih memiliki waktu di kedalaman yang tenang ini.

Hari esok akan tiba, tetapi untuk saat ini,
musim dingin adalah teman Anda.

Hinterland

Daerah aliran sungai ini merupakan sebuah karya seni,
disulam seperti rok berombak berwarna cokelat.

Di mana air pernah menyem
bur, tepiannya berkobar seperti nyala api.

Tepiannya mengembang di ka
ki saya yang pecah-pecah dan ada jarum di mata saya, jahitan
rantai berwarna merah, melingkar di kulit saya.
Panci yang sudah kering meluncur, serpihan-se
rpihannya mengenai tulang saya.

Saya membayangkan ladang dengan tana
man hantu dan orang-orangan sawah saya yang terbuat dari kain dan tulang.
Dia mengangkat matanya ke langit,
matahari terbakar hitam.

Manusia-manusia sawah dengan bibir menghitam

dan lidah yang terlalu gosong untuk berbicar
a memimpikan bu
ah nangka yang membengkak karena air hujan dan kabut kelabu yang menyelimuti awan.

Di suatu tempat pasti ada

laut yang menunggu sungai ini mengalir.
Tetapi tusuk rantai meli
ntang di atas gaun bersulam,
melingkar di sepanjang perbatasan, kering.

Dan saya menggaruk dasar sungai de
ngan kuku saya yang bengkok,
mencoba untuk menggoda tetesan air.
Air pasang menerjang mata saya yang bengkak,
dan cahaya bulan berjingkat-jingkat masuk.

Ini menutupi wajah saya sejenak,
kemudian hilang.

Ketika saya terbangun, ga
un itu masih compang-camping,
kering seperti dasar sungai.

Daun Almond

Untuk Eunice de Souza

Apa yang bisa Anda pelajari dari daun almond?

Bagaimana ia harus membusuk untuk menyembuhkan ikan jamur,
menodai akuarium dengan rona asamnya
untuk menghilangkan busuk sirip pada lendir.

Ikan yang sakit dalam mangkuk kaca,
kita meniup gelembung, menghisap udara,
tanpa suara membuka mulut kita

sebagai daun yang berbau harum
dengan lembut meresap ke dalam kulit kita,

tidak lagi flamboyan,
tapi masih menyala.

Seluruh Kesepakatan

Dibutuhkan banyak hal untuk diberdayakan:
Anda harus merasakan lava
memuntahkan dari napas Anda,
naik dari gunung berapi
yang mendesis di dekat usus Anda,
tumpah hingga mengubah sungai menjadi merah.

Dibutuhkan banyak hal untuk diberdayakan:
untuk merasa utuh ketika
potongan payudara dan ovarium
berbaring di dalam kantong plastik,
dibedah menjadi laporan yang hambar
yang memberi tahu dunia bahwa Anda baik-baik saja.
Dibutuhkan banyak hal untuk mengetahui pembakaran batu bara
yang ada di dalam diri Anda
sekarang menjadi tempat yang hangus dan kosong
dan sungai tidak lagi berwarna merah.

Perlu banyak hal yang perlu Anda ketahui untuk mengetahui bahwa Anda memiliki
mendaki gunung, melukai diri sendiri
dengan punggung bukit di kaki Anda
dan Anda hampir menyentuh cakrawala
di mana langit berwarna hitam pekat.

Dibutuhkan sepasang mata cair yang istimewa
untuk melihat diri yang tak tersentuh
dan bertemu dengan diri Anda sendiri di sisi lain
di mana sungai-sungai tidak lagi mengalir.

Saat itulah Anda merasa diberdayakan,
saat itulah Anda masih merasa utuh.

Layang-layang

Layang-layang itu tipis dan rapuh,
dekoratif, setipis kertas,
dengan salib kayu,
menunggu waktu mereka di dalam laci tanpa udara,
tersembunyi jauh dari langit.

Layang-layang itu jahat, seperti halnya wanita.
bermata tajam, mereka terbang
melawan awan,
menggigit tangan Anda.
Benang yang mereka bawa
memiliki pecahan kaca yang tersembunyi,
terbentang saat mereka mengukur pakan angin.

Anda yang berdiri di tepi tembok pembatas,
percaya bahwa Anda memegang kendali,
lihatlah ke atas di mana ia melayang dan berdesir.
Layang-layang itu jahat, mereka membumbung tinggi,
mereka menarik-narik tali kekang,
menangkap badai terdekat
dan menghilang.

Anda hanya akan mendapatkan
dengan tangan yang menyengat
dan ruang kosong di atas.

2000 - 2015

Pesta Teh

Ketika Anda dan saya hendak istirahat
tidak ada pertanyaan tentang perkelahian
tentang siapa yang akan mengambil piala
dan siapa yang menjadi piringnya.

Anda tumpah dengan uap,
meniskus beriak dengan sedikit saja
menyentuh; Saya, terlentang di lantai,
menjilat susu yang pernah berarti
untukmu. Kami berdua.
adalah Cina pada saat itu.

Salah satu dari kami juga pernah ke Cina,
mengetahui arti kebebasan porselen,
mengendus penjaga merah. Salah satu dari kita
telah mengenal suara lidah alien,
keras dan parau saat datang
dari mulut yang tersenyum.

Senyum kami melingkar, senyum Anda dan senyum saya,
milik Anda dari bagian atas teh
dan tambang di bawahnya-dua bagian bergabung
bersama pada pelek yang terpisah. Ketika kami meniup

satu sama lain, barang pecah belah
tetap teguh, dan siapa lagi kalau bukan Anda
dan saya akan tahu cairan itu bergerak?

Tidak, tidak ada perkelahian
di atas kaca putih yang terkelupas.
Potongan-potongan itu tergeletak di lantai dapur.

Dan aku-aku sudah pindah ke pesta teh
di ruang keluarga lainnya, menyeimbangkan
porselen alien di atas telapak tangan yang dingin.

Di Po Lin, Lantau

Di biara yang bukan tempat saya,
tinggi di atas awan di mana Buddha tersenyum,
patung ganas yang aneh memandang rendah padaku
karena dupa akan hilang dengan sendirinya.
Seorang biksu yang sudah dicukur, keluar dari pikirannya,
melingkarkan lengannya di sekelilingku.
Dan aku ingin tahu seperti apa rasanya
untuk bercinta dengan seorang biksu,
bertanya-tanya bagaimana rasanya bercinta dengan Anda

lagi. Dan Anda, yang dulunya adalah dewa yang bukan milik
bagi saya, telah kembali seperti roda doa,
dan perlahan-lahan bunyi gedebuk dimulai, terdengar suara drum
dari hati ke dalam biara pikiran saya.

Suara-suara turis melibas batu,
tinggi di atas biara tempat awan-awan bercakap-cakap.
sebelum keheningan menyebar seperti abu dupa,
meninggalkan keharumannya.
Apakah Anda Buddha yang dulu saya kenal?
Lalu, mengapa Anda mengajarkan ketidakpuasan?
Delapan jalan yang kami lalui bersama
begitu penuh dengan duri dan endapan.

Di mana Anda sekarang saat para alien lewat;
apakah Anda berputar dengan lembut?
Maukah Anda kembali ke biara ini,
mengajari saya cara berdoa?

Catatan Bass

"Kenapa rambut Anda begitu halus?"
tanya musisi berkulit hitam itu, dan dia menjawab,
setengah tertidur, mengatakan bahwa Hong Kong penuh dengan kilau
dan terkadang tempat itu masuk ke rambut Anda.

Dia adalah seorang profesional, dan mereka bermain
permainan satu sama lain, nada yang disetel dengan baik
pada kulit sutra. "Masalahnya," katanya,
"apakah Anda terlalu sensitif," dan menggambar
musik dari senar gitar di atas kepalanya.

Saat itulah ia mulai memainkan bass
bahwa ada sesuatu yang berubah.
Kemudian, dia bertanya, dengan cemas: "Apakah Anda,
sayang, kan?", karena pada saat yang genting,
ada keheningan yang tidak ia duga.

"Saya selalu datang dengan tenang," katanya,
tidak menambahkan: "Saya juga selalu pergi dengan tenang."

Para Penyusup

Pada malam hari, kucing-kucing melompat keluar dari mata Anda yang berwarna abu-abu kehijauan
dan mendengkur di sekitar tutup yang setengah tertutup itu
yang membuat momen bangun tidur saya tetap terjaga.
Mereka mengendus-endus di sekitar dunia bawah untuk mencari sisa-sisa
kenangan, kegilaan, susu hangat yang dibelah.

Kucing ini memiliki mata yang bercelah, cakar dan kulit sutra,
bulu yang berbulu, ekor yang melengkung saat disentuh.
Mereka duduk di atas paha mereka, menoleh ke belakang,
terkadang menggeram atau tersenyum saat mereka meringkuk di tempat tidur,
tempat tidur yang empuk dengan kenangan kapas.

Siapakah kucing-kucing yang melompat keluar dari mata Anda yang berwarna abu-abu kehijauan ini?
Apa yang mereka inginkan saat mereka mengorek-ngorek pembuluh darah saya?
Apa yang mereka minum dari lubang yang mereka buat di kulit saya?
Di mana mereka menghilang di tengah hiruk pikuk siang hari
saat saya merapikan bantal sekali lagi?

Mari kita berdua terjaga dalam cahaya mata abu-abu kehijauan itu, mengubah kucing-kucing perampok itu menjadi kupu-kupu lembut seperti fajar.

Basis yang Terbagi

Tas hitam besar yang tersimpan di lemari pakaian saya
seperti anjing yang lapar, menunggu untuk bergerak secara tiba-tiba.

Saatnya berkemas lagi, pakaian yang hancur
digantungkan di gantungan baju, sesekali
kancing yang salah, garis leher yang hanya bertuliskan
sedikit terlalu banyak. Baja berlapis plastik
melengkung pada batang besi yang menusuk dinding.

Siapa Anda, mencari
untuk ruang dan waktu
dengan pegangan koper?

Tepi dipotong, diikatkan pada beban yang dikumpulkan
di banyak negara dan pemakaman,
setiap inci kapas yang berjumbai bertambah,
tetapi tidak sebanyak mantel bulu
yang membuat Anda tetap hangat

setelah beberapa makhluk lain mati.

Diam. Satu pintu lagi di luar
tangga yang retak, pelat namanya

tidak ada. Kait yang dingin
meninggalkan serpihan kayu.
Dan di dalam, lantai yang berdebu
rumah yang pernah menjadi rumah
kepada orang-orang yang nama atau bahasanya
Anda tidak pernah tahu.

Untuk saat ini, sapukan sapu
melintasi dasar yang terbagi,
rasakan kebebasan menjilati garam
dari bulu mata Anda.

Kembali ke Kekosongan

Jauh melampaui tempat buldoser rusak
pegunungan, empat ratus anak tangga
di lereng bukit yang gundul, adalah sebuah *shivalingam*
yang berdarah saat disentuh.

Dunia menyembur melewati pipa yang rusak;
sebagian dari kita mengisi air dari celah-celahnya,
beberapa dari kita duduk, batu gemuk,
              di lereng yang bersepatu kasar.
Sebagian dari kita melayang di angkasa.

Ini adalah kembalinya kekosongan,
di mana panci garam menghembuskan cerita
kebebasan yang sudah lama hilang.
Para pria menghisap pipa impian mereka dalam diam;
wanita memakai pemerah pipi seperti darah dalam perang.
Kereta api melesat ke stasiun seperti cinta yang hilang.

Di kejauhan
Saya berdarah saat disentuh.
Tetapi mengapa batu itu tetap kering?

Surat untuk Veena

Kau seharusnya berada di sini, Veena,
membuat musik Anda di pagi yang cerah ini.
Hiruk pikuk kerusuhan
telah berubah menjadi burung gagak berkokok
menggelengkan kepalanya
di ambang jendela saya
dan aku berharap, aku berharap
bulu-bulunya tidak akan berubah menjadi pisau lagi.

Anda seharusnya ada di sini, teman saya.

Kabut Bhimashankar berada jauh di sana
dari musim dingin dan matahari Kanada Anda yang berwarna perak.
Tetapi mereka mengerumuni saya pada hari yang penuh gula ini,
dewa-dewa yang kau tinggalkan,
dan kami juga melakukannya, karena beberapa dari kami
berubah menjadi tikus dan mati di tempat tidur kami
untuk dipatuk oleh burung gagak di kusen besi.

Anda seharusnya ada di sini, teman saya.

Tetapi mengapa Anda harus berada di sini?
Jadi kita bisa berpura-pura tidak ada yang perlu dihindari

saat kita mengais-ngais gedung pencakar langit yang runtuh menimpa kita.

Veena, sang Piper telah berubah menjadi pipa

dan musik ini membuat kami gila.

Langit yang dipanggang dengan gula ini terlihat gosong dan hitam di bawah sinar matahari.

Bagaimana keadaan matahari di tempat Anda melarikan diri?

Anda seharusnya tidak berada di sini, teman.

Kami membuat musik kami melalui malam-malam yang tersebar,

buta terhadap burung gagak di kusen jendela kami -

mereka menyatu dengan kegelapan kecuali mata mereka yang seperti manik-manik.

Dan di pagi hari, cakar mereka diam,

masih di sekitar batang besi.

Menjauhlah, Veena, menjauhlah, itu bijaksana.

Jangan terlalu dekat saat burung gagak terbang.

Untuk Wole Soyinka

Kurungan isolasi saya tidak berjalan
sedalam milikmu; pena saya terbuat dari plastik,
bukan dari tulang ayam,
dan tidak ada kopi yang membangunkanku
seperti tinta darurat Anda,
yang digunakan untuk membuat puisi-puisi tersebut.

Anda berbicara tentang kebebasan, saya tidak bisa
mulai membutuhkan; milikku
seperti kecoak dalam kegelapan.
Sel ini berisik;
teriakan mereka terlalu keras.

Namun, kami berdua berasal dari dunia yang terbatas,
bahkan jika pistol saya hanya jenis yang meleleh
menjadi potongan-potongan suara cair yang jelas dan tidak berguna.

Kebohongan dunia plastik saya
cairan di kakiku,
dan tidak ada pertempuran yang dimenangkan.

Kualitas Kegelapan

Apabila kualitas kegelapan adalah noda
dan satu pon daging tidaklah cukup,
Anda mengarahkan pandangan Anda pada apa lagi yang bisa Anda lukai
dan berharap bahwa suatu hari nanti sejarah akan memanggil gertakan Anda.

Anda memegang pisau kertas di tangan Anda.
Tidak cukup tajam untuk memotong atau memberi merek.
Kualitas kegelapan ini merembes ke seluruh negeri

dan saudara menjadi bayangan,
saudara perempuan berubah menjadi batu.
Anda tersandung dinding pembatas,
menggerogoti tulang.

Batu bata yang tidak berengsel akan meninggalkan noda di tangan Anda.
Anda mencoba untuk bangun, ternyata Anda tidak bisa berdiri
sementara kegelapan merembes ke seluruh negeri

dan ibu berubah menjadi maniak,
ayah berubah menjadi abu.
Anda menyeka noda pada batu bata,

menemukannya telah meninggalkan luka

tetapi di tengah panasnya malam yang tenang ini
Anda melayang, seperti bercak, menemukan bahwa Anda tidak bisa bertarung

dan saat luka mengering di telapak tangan Anda,
Anda mengambil batu bata dari dinding yang tidak berengsel, biarkan terbang.
Salah satu dari kalian malam ini akan mati

dan siapa yang akan tahu saat kegelapan menyapu Anda?

Sarkofagus

Kerangka itu, menyeringai, menangis
untuk daging dan kulit. Tidak ada gelombang suara
akan merendahkan diri untuk bergerak,
jadi tidak ada yang mendengar
kecuali dinding peti mati.
Pernah ada lebih dari sekadar tulang,
tetapi mereka membuangnya di kuburan,
sampai perlahan-lahan, daging
berubah menjadi jamur, memberi makan cacing.
Ya, mereka melantunkan lagu-lagu pada acara tersebut,
tetapi suatu saat masa jabatannya akan berakhir,
dan kematian harus terus berjalan.

Gelombang suara akhirnya
mengirimkan pesan tersebut:
pada saat mereka datang,
kerangka
telah berubah menjadi abu.

Tulisan di batu nisan

Hal yang harus dilakukan
adalah merasakan tekstur halaman,
masih berwarna putih sebelum garis-garis terbentuk,
menyentuh kehalusan kulitnya,
halus tidak seperti kulit kayu
setelah dikupas.

Masalahnya adalah,
kami tidak memakai warna putih
pada hari pernikahan.
Agama saya mengharuskan adanya darah,
kemerahan yang menyelimuti mata,
membungkus kulit dengan kencang di sekelilingnya.
Namun demikian, garis-garis tetap terbentuk,
huruf yang dibulatkan seperti bahu
atau rata seperti rambut di lengan.
Kisahnya dimulai seperti kerutan di wajah
dan tidak berakhir
ketika kerutan membeku.

Tapi saat itulah permukaan
berubah menjadi putih dan aku menahan rasa sakitku
dalam tabung plastiknya

biarkan cairan jatuh.

Saat itulah puisi itu menulis dengan sendirinya seperti batu nisan.

Mindscape

Mulailah dengan yang sudah dikenal. Ada a
lasan untuk kehangatan daging, perpisahan bibir d
an jalan
yang lambat, dan paha yang bergoyang
-goyang yang mengiris udara yang bergerak.
Ada alasan untuk dorongan
tulang pada kulit; gugup m
enggigil pembuluh darah, bekas luka yang memerah,
celah di waja
h di mana seharusnya senyum.

Mulailah dengan yang sudah dikenal;

seringai buas yang Anda coba hilan
gkan dari pikiran Anda;

keheningan di balik kulit An
da. Ini akan
terasa seperti teman lama, yang melompat keluar
dari sudut tersembunyi dalam kegelapan.

Lalu, lepaskan.
Lepaskan ranting yang retak,
berpeganganlah pada tanah yang kokoh,
melangkahlah menja
uh dari jurang yang ada di kaki Anda.
Tetaplah fokus pada pikiran,
mungkin berat di punggung Anda,
tetapi di dalam kantongnya yang hangat dan dalam,
ada rezeki, bergerig
i meskipun terlihat seperti pembuka kaleng.
Dengarkan bisikan dalam aliran darah,
hilangkan rasa haus Anda.

Yang tidak dik
enal di sisi lain,
dan ada waktu.

Keberangkatan

Pakaian tidak pernah menjadi masalah,
dilipat dengan rapi,
mengambil ruang sesedikit mungkin
semampu mereka,
diratakan oleh panas
dari tangan besi.

Buku-buku yang menjadi berat,
jatuh dari koper,
ujung-ujungnya cukup tajam
untuk merobek tas. Mereka
mengepakkan daunnya
dan tidak akan cocok.

Ambil napas dalam-dalam,
duduk, tekan dengan keras.
Sekarang tutup ritsletingnya.

Kepala

(untuk Gopi)

Tolong ambilkan kamus.
Ada sebuah kata dalam artikel ini
Saya tidak mengerti.

Dia duduk di seberang meja,
tegak, sedikit mengerutkan kening
ketika aku menyela.

Tapi dia melewati kamus itu,
kembali pada apa yang dia lakukan.
Dia adalah kepala
dari departemen
dan saya kira
Saya adalah kakinya.
Saya tidak akan pindah
di mana saja jika dia tidak
memutuskan untuk menurunkan perintah.

Saya mengedit artikel tersebut-saya telah belajar
dengan baik. Aku bahkan akan
belajar untuk berhenti berteriak
berita utama, ganti
mereka dengan sesuatu yang lebih tenang.

Tapi entah bagaimana kata
Saya sedang mencari,
menghindariku.

Dilecehkan
oleh terlalu banyak panggilan telepon,
Saya tidak pernah mencarinya, hanya memotong
kalimat yang tidak saya pahami.

Dan ketika aku mendongak
untuk mengembalikan kamus,
dia tidak ada di sana.

Apa yang dikatakan kamus
tentang kematian?

Pemakaman, Jarak Jauh

Kata-kata menjadi putih di tenggorokan,
hancur seperti kapur di atas kerongkongan yang tidak rapi.
Dia tersenyum, bermata tajam, seperti papan tulis hitam.

Dia tidak melihatnya hari itu
ketika mereka meletakkannya
dengan pakaian barunya yang terbaik.
Dia tidak melihat mereka
memecahkan tengkoraknya

tapi kemudian, dia melihat pendeta
meluangkan waktu dari produksi filmnya.
Dia melihat daftar tuntutannya-
kain, bejana, sepatu, emas ...
(untuk dibawa ke surga, tentu saja);
semua orang menyentuh kakinya,
memberinya makan dengan baik.
Makanannya, dilembutkan dengan ghee,
tidak mengalami kesulitan untuk meluncur ke bawah.

Kata-kata berubah menjadi muntah di tenggorokannya

tapi dia tidak muntah. Dia tersenyum,

tersenyum pada orang asing
yang telah dikenalnya sepanjang hidupnya.
Mereka bersikap baik, membuat
basa-basi saat upacara
hampir berakhir. Seseorang bertanya:
"Apakah area tempat Anda menginap mewah?"

Talang air menyumbat matanya
tetapi kotoran tetap masuk.
Dia membuat percakapan yang sopan,
sebuah seni yang hampir disempurnakannya.
Perbincangan seru saat makan siang:
sudah waktunya bagi keluarga yang berbeda
untuk bersatu kembali. Seseorang, tentu saja,
hilang dan akan selalu hilang.

Sang pendeta tersenyum, dan membawa pulang sebuah tiffin.
Para kerabat pun bubar dan berjanji akan datang lagi.

Pakaian di tubuh wanita itu berubah menjadi putih,
meskipun matanya merah.

Dan dia-dia bermimpi untuk kembali ke rumah
tetapi tidak dimaksudkan untuk menjadi seperti ini.

Tanah Tak Bertuan

Apa yang diperlukan untuk tulang
retak, seperti daun kering atau korek api
menekan punggungnya terlalu keras?
Kapan garis itu ditarik
di ujung kaki? Sisi mana dari perbatasan
apakah Anda harus pergi? Seberapa jauh
apakah sungai merah ada di bawah kulit?
Lihat pembengkakan itu? Hantu apa
bersembunyi di dalam? Apa yang mereka bagikan
dalam jerat sunyi itu, terselip
di dalam sepatu kulit itu,
kekacauan saraf mati dan lem manusia,
di mana kuku menjadi keras pada daging
dan jarak berjalan melalui jaring kawat
yang menjepit jari kaki yang patah,
di mana Anda dapat melihat seberapa jauh yang harus ditempuh,

kecuali bahwa logam tersebut membakar kulit,
Rantai berkarat secara perlahan, dan di dalam,
kaki yang bisa membawa Anda menyeberangi pantai
telah berubah menjadi debu; Anda tidak dapat berjalan lagi.

Kapan retakan akan mulai sembuh?

Kolam Rahasia

"Saya telah menjadi kolam rahasia
Dari kesepian yang sejuk di gunung."
Baris setengah ingat

Dulu saya adalah kolam renang rahasia,
tetapi akhir-akhir ini terlalu banyak yang masuk
dan keluar, terengah-engah, mengi
saat ketinggian berubah.
Tenang seperti ikan,
Saya telah mempertahankan mereka,
memiliki potongan-potongan saya dilemparkan
di dalam panci masak mereka.

Kerikil di dalamnya
halus dan hitam,
mengikis gunung
ke usus saya.
Saya membiarkan ombak menjadi lembut,
membentuk batu.
Ini adalah rahasia,
meskipun orang-orang asing itu tersenyum.

Dan ketika gunung menjadi
terlalu dingin, saya beralih ke es

kemudian retak

menenggelamkan turis ceroboh itu
yang kakinya berada di punggung saya.

Selingan

Suatu hari dia berkata:
Mari kita matikan lampu dalam hidup kita,
beralih ke bayangan dalam gelap.
Permainan baru ini tampak menarik,
jadi dia mengiyakan.

Saat-saat sinar bulan bersinar masuk
melalui jendela.
Dia menangkap satu atau dua sinar.

Suatu hari lampu menyala
atas kemauan mereka sendiri.
Mereka berkedip, bertanya-tanya
di mana daun teh berada
dan apakah seseorang dapat
berbasa-basi
ketika pagi tiba.

Menyisir di baskom
dengan senyuman pasta gigi,
katanya: Lain kali,
mari kita matikan lampu sebagai gantinya.

Pekerjaan Perbaikan

Kemarin aku menggorok leher
yang telah tersesat ke sudut otak saya.
Tidak ada yang berteriak; tidak juga para penumpang,
pedagang kaki lima, pengusaha, pelacur.

Obrolan ringan itu mengalir seperti darah,
mengubah bagian dalam menjadi merah seperti nafsu
dan mereka berkata: "Lihatlah bunga mawar di pipinya!"

Saya mencabuti duri-durinya seperti cacing,
membelah satu atau dua jari saat saya melakukannya.
Kelopak bunga menutup, menjebak seekor serangga.

Dengarkan dengungan pada benang sari,
seperti sarang lebah yang sedang diasapi oleh seseorang,
semua madu menjadi kental seperti lem.

Saya menyatukan jugularisnya,
merekatkan celah-celah tersebut dengan permen karet.
Tidak ada yang menyadari apa yang terjadi;
sang pengusaha-dia tersenyum dan melamar.

Buku Harian Ibu Rumah Tangga yang Gila

Suatu ketika, saya memiliki seorang teman setia yang mengikuti saya ke mana-mana seperti dewa... Ups, saya melihat sesuatu secara terbalik dan terbalik lagi; yang saya maksudkan adalah, teman ini mengikuti saya seperti anjing, mengembik dan menggonggong di setiap waktu bangun tidur, dan terkadang dalam mimpi saya juga, meskipun mereka sangat gelisah dan ketakutan. (Meskipun kadang-kadang, tentu saja, mereka juga gembira, seperti saat saya menggigit hidung seseorang, atau menancapkan gigi saya ke tangan).

Dan karena mereka mengatakan bahwa Anda dan anjing Anda pada akhirnya mulai terlihat mirip satu sama lain, saya mulai menumbuhkan beberapa gigi taring dan lubang hidung saya membesar seperti balon. Kadang-kadang saya menjaga rekan saya dengan tali; di lain waktu, ia melesat di jalan, dengan saya terengah-engah di belakang, karena saya hampir kehilangan lengan saya. Apakah itu pernah berhenti? Oh ya, tapi hanya saat ia lapar dan ingin melahap saya secara utuh.

Suatu hari, karena merasa terancam, saya membawa teman saya yang setia ke dokter hewan, yang menatap kami dengan bingung, sambil menjilati dan menggonggong di dalam satu kulit, dan bertanya yang mana di antara keduanya yang harus disingkirkan. Saya dan rekan saya saling menunjuk satu sama lain secara bersamaan, dan melolong. Jadi dokter hewan mengambil alih dan memutuskan untuk menidurkan saya, atau lebih tepatnya, membawa saya ke tempat tidur, dan melepaskan mantel putihnya di sepanjang jalan.

Saya terbangun pada suatu pagi dan menemukan teman setia saya telah meninggal dengan tenang di pelukan saya.

Masih ada kekosongan dalam diri saya, di mana teman saya biasa menyandarkan kepalanya, dan tali pengikatnya terasa kendur, kecuali ketika teman baru saya menarik saya dengan berat tangannya.

Namun tentu saja, teman baru saya tidak begitu setia kepada saya. Dia adalah seorang dokter hewan, Anda tahu, dan ada begitu banyak makhluk yang mengalami trauma di dunia ini. Dia membantu mereka semua, dengan harga tertentu, tentu saja, sementara saya, di bawah perawatan ahlinya, berpura-pura baik-baik saja.

Puncak dan Palung

Ketika jalan naik dari pohon ek perak ke pinus
Anda mengatur napas di semak-semak gunung,
Cicipi anggur bunga matahari.
Salju terlihat suram dan indah;
Anda menyaksikan kabut yang saling berkelindan.

Bunga dan batang pohon, angin dan peluru,
masing-masing yang pernah Anda alami sebelumnya.
Di perbatasan, pertempuran berkecamuk.
Di balik permukaan batu, perang terjadi,
dan gunung yang halus terlihat tidak berubah di balik kabut.

Siapakah Anda di puncak dan palung ini,
di dunia yang longsor ini yang tampaknya terus berlanjut?
Piton bertengger di atas es dan salju,
dan di tebing-tebingnya tumbuh bunga-bunga liar.
Dunia ini sangat jauh,
sejauh ini tidak menunjukkan
menembus semua kabut di gunung yang halus ini.

Anda menetapkan akar Anda dan membiarkan peluru melesat.

Dan sekarang, saat pohon ek perak bertemu dengan pohon pinus,

kami berbagi sedikit hutan di awan.
"Hutannya indah, gelap dan dalam."
Lihatlah betapa lembutnya lompatan macan kumbang.
Sekarang saatnya untuk tidur,
biarkan angin bertiup.

Nyanyian Burung Bangkai

Ketika hari berlalu tanpa sepatah kata pun terucap
tentang burung nasar lapar yang melayang-layang di sekitar kepala Anda,
dan Anda telah mencuci, memasak makan malam, memberi makan anak,
biarkan burung nasar keluar, lihat mereka tumbuh liar.

Apakah itu benua yang membeku di atas hamparan tanah yang kental,
pembekuan Laut Merah yang terbelah di sekitar kepala Anda?
Dengarkan desiran angin di puncak yang sunyi.
Ia bergemuruh dan bergetar, namun tidak dapat berbicara.

Merobek kulit pohon apel yang menua dan kesepian.
Cacing-cacing itu mengambil alih, berjuang untuk bebas.
Patuk paruh burung nasar, sobek sayapnya yang menukik.
Mendengar Lagu Kematian itu? Untuk Anda yang bernyanyi.

Di Balik Pintu

Dikelilingi oleh masa lalu yang cemerlang,
dia menyeruput kopinya dengan lembut di aula.
Langit yang membeku seperti salju berubah menjadi seperti susu di kepalanya;
Harta karun yang telah diusahakan dengan baik berada di kakinya-
batu berbintik-bintik perak, lampu Menara Miring,
roda doa, matahari berwarna biru kehijauan,
satu atau dua gelembung yang belum meledak.

Seorang perempuan ompong mengetuk pintu.

Dia membuka pikirannya sedikit saja,
lalu menutupnya saat penyihir itu menusukkan jarinya.

"Kamu semakin tua," kata sang kekasih yang ditinggalkan,
tidak mengacu pada perak di rambutnya.
Dia tampak jauh di bawah sinar matahari siang,
menawarinya tempat makan siang sebagai gantinya.

Langit yang membeku karena salju mengental dengan jeritan wanita itu.

Dia membuka celah sedikit lebih lebar,
membiarkan jari kakinya masuk. Kukunya yang mengeras

panjang dan melengkung seperti cakar.
"Kamu semakin tua," kata sang kekasih,
alis terangkat saat orang asing itu memamerkan gusinya
menerjang wajahnya yang kebingungan.

Hari ini, dialah yang berubah menjadi keras kepala karena kedinginan,
seperti pegangan yang sudah tidak terpakai di luar pintu kayu,
saat wanita tua itu minum dari cangkir kopinya yang sudah terkelupas.

Tersihir

Pada usia tiga puluh tiga tahun, rambutnya belum putih;
kulit, lebih kering, namun tetap lembap dan muda.

Pada usia tiga puluh tiga tahun, masih ada rasa lapar,
mendesis, mencakar saat tabir muncul.

Pada usia tiga puluh tiga tahun, dunia masih membara,
hitam di sekeliling tepinya saat pupil mata menari.

Pada ketinggian tiga puluh tiga, Anda melayang di dekat bulan,
seperti penyihir di mana bintang-bintang menyala.

Pada usia tiga puluh tiga tahun, lidah masih terasa haus,
menggantung, mulai mengerut di bawah sinar matahari.

Pada usia tiga puluh tiga tahun, Anda harus membiarkan tenggorokan Anda diam
hanya untuk sementara waktu; waktu bergerak untuk membunuh.

Tapi siapa yang Anda curangi saat para penyihir merebus minuman mereka?
Tenanglah sekarang; suatu hari nanti mereka akan menangkap Anda.

Sebuah Dunia Dalam

Satu sentimeter kehidupan, detak jantung kecil berkedip-kedip.
Siapakah Anda, jauh di dalam rahim?
Saya merasakan lava terbakar di dalam diri saya.

Sarang lebah yang tumbuh di sekitar hati Anda,
sungai apa yang berdenyut di sekitar telinga Anda yang tidak berbentuk?
Apa yang Anda dengar tentang dunia luar?
Apa yang bisa Anda ceritakan tentang dunia di dalamnya?

Saya telah memimpikan dunia yang baru, yang belum pernah saya lihat sebelumnya,
mengisi ransel saya dengan lagu-lagu yang setengah dinyanyikan,
menyaksikan tepi alam semesta di atas pasir yang bergeser,
mencari jiwaku di gunung berapi.

Tapi ada sesuatu yang mengendap, masih cair,
gemericik melalui pusaran air ke inti yang sunyi.
Suatu hari nanti jiwaku akan berteriak,
tapi untuk saat ini, detak jantung kecil, aku menunggumu.

Surat untuk Rilke

Empat dekade sudah berlalu-saya belum juga belajar dari Anda:
untuk menyelami diri sendiri, untuk percaya pada kehidupan,
untuk memahat batu tersebut, dan menang.
Empat dekade kemudian, hal ini seharusnya menjadi sebuah dosa.

Tapi saya sudah merasakan aliran listriknya,
arus dalam darah saya,
mengarah ke belakang,
tetap teguh melawan banjir.
Empat dekade berlalu,
Saya mengenali musik dalam bunyi gedebuk.

Terkadang melalui labirin
dari hutan pikiran,
melalui harimau kayu dan kertas,
menavigasi tirai badak,

Saya berhenti di udara, berharap
Saya tetap tinggal di belakang, dan mengambil
kekuatan saya dari seorang yang cacat,
yang mendorong saya untuk mendaki.

Kadang-kadang saya pergi ke bawah tanah
ditemani tikus,

menghirup udara segar dari bau apek,
mencengkeram sayap kelelawar.

Sekarang, aman di atas punggung bukit kecil ini,
di tengah perjalanan menuju puncak,
Saya telah belajar bahwa udara pegunungan itu gratis,
meskipun membelai pipiku yang kering.

Suatu hari nanti, saya akan belajar untuk membiarkan
cacing itu jatuh dari paruhnya.

Kapal karam

Masalahnya adalah,
tidak ada lagi yang perlu dikatakan.
Kata-kata yang melingkar di dalam kedalaman biru yang dingin ini
akhir-akhir ini kehilangan arah.
Taring mereka menyerang
tajam ke dalam kulit,
sementara di atas air bermain.

Apakah Anda menyentuh buih buih di atas sana,
atau tersumbat dalam tanah liat cair?
Apakah Anda merasakan sisiknya, ujung-ujungnya kasar,
terbakar di bawah mata manik-manik hari ini?
Pernahkah Anda menyentuh kapal kayu yang sudah lapuk,
kargonya berwarna hitam di dalam palka?
Pernahkah Anda merasakan kehangatan di lautan yang teduh,
atau menggigil kedinginan?

Masalahnya adalah,
racunnya tenggelam
terlalu dalam di dalam jiwa.
Di sini, di kedalaman ini, Anda tidak dapat mengatur
api ke batu bara.
Hancur menjadi bubuk hitam, dan hilang,

tidak dapat tetap utuh.

Namun, ular itu tetap menunggu dalam keheningan
saat air menabrak dan bergulung.

Hei pelaut, bisakah Anda turun ke sini,
ikut merasakan kegelapan lubang ini?

Sepuluh Sempurna

Pertama, tebasan silet melintasi halaman,
tajuk utama dan intro berwarna hitam di bagian muka,
materi abu-abu dengan rapi meluncur ke tempatnya.

Berikutnya, ketenangan sang istri yang tak bernama,
tenang, *mangalsutra* membentuk hidupnya,
bersama dengan *sindoor*, rantai, dan pisau dapur.

Ketiga, ibu yang baik hati, mengorbankan segalanya,
mengambil kutu, bermain boneka,
tahu betul bagaimana rasanya merasa kecil.

Keempat, sayuran beku yang layu karena panas,
ditambah dengan kemerahan pada daging yang sangat mentah;
memasaknya bersama-sangat enak untuk dimakan.

Kelima, dan di sini, gambar menjadi membingungkan.
Dia seharusnya menjadi pemenang, apa yang membuatnya kalah,
memainkan game yang bukan pilihannya?

Mungkin-dan ini adalah angka enam-dia benar-benar seorang pelacur,
mulutnya terbuka lebar, matanya terkatup rapat,
tidak menyadari setiap cambukan, setiap luka.

Tujuh, delapan, baringkan dia dengan lurus.
Tangkap dia dengan cepat sebelum terlambat,
atau dia melewati tanggal penjualan.

Singkatnya, penyihir di tangga yang berkelok-kelok,
kelelawar seperti gesper di rambutnya,
pegang dia-dia akan-tangkap dia-di sana!

Sepuluh-oh sungguh memalukan!
Dia kehilangan dirinya sendiri, dan tidak ada yang bisa disalahkan
Namun harus diakui, ini adalah permainan yang fantastis.

Sekarang, hitung mundur.
Meledak.

Marionette

Ayo,
ceritakan kisah Anda.
Hal-hal yang benar
harus datang dengan benar
kepada Anda; dunia
panggung kayu,
sebuah kotak dengan paku,
teruskan.
Biarkan mereka menarik
senar malam ini,
Anda tidak dapat memasang
berkelahi, Anda sedikit
boneka kayu,
Anda sedikit
bodoh.

Ayo,
menjaga pertunjukan tetap hidup,
mereka menonton
dari lantai,
menunggu
untuk mendengar cerita
bahwa Anda telah
telah diajarkan sebelumnya.

Biarkan seseorang
ucapkan frasa
saat Anda membuat
semua wajah yang tepat,
boneka kayu,
permainan ini tidak
belum berakhir.

Jangan tarik itu
string begitu keras!
Jangan rusak
hati kayu ini,
melihat mulut
akan berantakan,
dan jika tidak
hati-hati,
akan ada kekacauan
di pameran,
atau begitulah menurut Anda
seolah-olah dunia
akan berbagi
rasa sakit kayu
boneka yang dicat dari kayu.

Jadi pergilah,
ceritakan kisah Anda,
jangan sampai pingsan,
jangan sampai kehilangan benangnya.

Anda hanya punya
di tengah jalan, itu jauh sekali
ke tempat tidur Anda.
Setrika
sedang menggali lebih dalam,
tapi jangan khawatir,
tidak ada jiwa,
hanya ruang kosong
untuk kuku
untuk mengisi lubang yang kosong.

Ayo, ayo,
datang satu, datang semua,
acara akan segera dimulai.
Saatnya untuk mendengar
boneka itu,
menonton dia bermain
bagiannya.
Jangan khawatir tentang
biayanya, yang satu ini
datang sangat murah -

sekarang berperilaku baik -
itu dia pergi lagi! -
runtuh dalam tumpukan.
Sekarang apa yang ada di bumi
yang akan kita lakukan?

Antara Poros dan Bahu

Pukul tiga tiga puluh, dan jam
telah berhenti, bertengger di dinding
seperti burung yang lupa cara terbang.
Ada sesuatu yang mematuk bagian dalamnya.
Sebuah tangan, sepanjang wajah,
dibekukan, bagian tengah statis,
kaca di atas debu.

Hanya beberapa detik sebelumnya, gedung
telah berdiri tegak, lalu bumi,
merespons panggilan primal,
runtuh. Melalui puing-puing
satu tangan terjulur keluar,
dan antara poros dan bahu
matahari mulai menyinari.

Anda seharusnya memberi tahu saya
itu semua akan hancur suatu hari nanti.
Dibangun dengan batu bata, kami hidup
di dunia yang tidak bisa kami bagikan,
jauh dari hiruk pikuk dan detak jam,
yang tangannya menyentuh
hanya sekali sehari.

Mungkinkah kita bisa merasakan pergeseran seismik itu,
keretakan di daratan dan lautan itu?
Bisakah kita memperbaiki dinding yang runtuh,
atau membiarkan satu sama lain?

Bertengger di dinding yang jamnya telah berhenti,
Saya mencoba untuk memahami keadaan di lapangan.
Ada sesuatu yang hidup di dalam pecahan batu,
jauh di lubuk hati. Apa itu kau,
berteriak tanpa suara?

Wanita Burung

Pada salah satu hari itu
ketika kunci ditolak
agar sesuai dengan gembok,
Saya mengubah diri saya ke udara
dan diperas melalui
lubang kunci.
Di luar sangat cerah,
dan aku lelah
dari semua wanita yang berdesak-desakan-
Pengembara, dengan kerutannya
koper, Wanita Iblis
dengan robeknya
ekor, dan wanita kecil yang menyedihkan itu
dengan celemeknya yang bernoda dan kotor,
yang tampak begitu akrab,
hancur
dalam seribu rumah.

Semua wanita ini,
dan beberapa lagi,
berkerumun,
dan lubang kunci
yang duduk di pundakku

berada pada titik kritis.

Aku tahu aku entah bagaimana
tersesat.
dalam kecerahan di luar,
setelah bertahun-tahun
di sebuah ruangan yang suram.
Meregangkan kaki saya
adalah ketegangan dan pernapasan
adalah keseluruhan
pengalaman baru,
tapi dilipat
di belakang punggungku
Saya menemukan beberapa sayap.
Mereka sedikit kotor,
tapi begitu aku terbiasa
ke pekikan berkarat mereka,
Anehnya, saya menemukan hal yang aneh,
mereka berhasil.

Saya mendapatkan teman
dengan burung-burung sekarang,
dan telah menemukan
cakar saya juga,
yang tenggelam dengan sempurna
ke dalam elang
dengan matanya yang seperti manik-manik.

Pernapasan masih
terkadang menjadi masalah,
tapi udaranya hangat
dan aku telah meninggalkan mereka
berdesak-desakan dengan wanita di belakang.

Setiap Wanita adalah Pulau

Di balik keriuhan dapur
dan segunung hidangan,
adalah ruang gelap dan merenung yang menjulang tinggi
di atas laut, tempat burung camar
careen, dan layang-layang membumbung tinggi tak terlihat
dan angin liar berhembus kencang.

Ini adalah ruang yang tahan terhadap segalanya,
ombak perlahan-lahan memecah keheningan;
deru perahu motor
menyerbu pantai berbatu,
kapal sesekali
kandas.

Dan jika terjadi gejolak tsunami
jalan dari dalam,
melahap semua yang ada di belakangnya,
dia akan melipat dirinya sendiri,
menyelipkan sepotong tanahnya,
dan mengubah kontur
geografisnya.

Wanita yang Berbicara dengan Panci Susu

Rebus.
Aku akan mengabaikan
yang berkilau baja
dan mengawasi Anda.

Saya juga ikut mendidih,
bantalan tentang
dengan cakar bola kapas,
melengkungkan punggungku
sebelum berkedip-kedip
nyala api, goresan
di belakang telingaku.

Anda sudah mendapatkan krimnya,
menyatu dalam setiap tetesnya.
Saya akan mengulur waktu saya
sampai kalian berpisah,
dan membuatmu tegang
melalui jaring kawat.

Aku gelisah sekarang, tentang
meluap. Jangan duduk

begitu mandiri,
seputih salju dan dingin.

Saya akan menaikkan panasnya,
pasang tutupnya.
Perhatikan aku.

Menunggu

Celahnya tidak pernah dalam,
untuk memulai.
Di bawah banyak lapisan,
ada sedikit
pergeseran tanah,
cacing, terganggu
oleh gerakan
angin dan debu di atas.
Akar berbaring dalam keadaan lapar,
keriput dan bengkok.
Sudah ada
kekeringan jauh di dalam,
dan kemudian ular itu datang,
berhati-hati, merasakan jalannya
keluar dari tulang kering
gatal-gatal di tanah.

Maka, ada bahaya, dan siput
menyusut ke dalam cangkangnya,
di tengah-tengah tembok yang runtuh,
tertutup lumut, turun
dengan api bugenvil.
Daun-daun menjadi liar,

Bunga-bunga duduk manis di dalam potnya.

Celah itu sedang menunggu,
jauh di dalam rahim.

Tigress

Kering seperti udara; kering seperti tenggorokan
yang tergores dan mentah
dari dalam; kering seperti sungai
yang lenyap dan retak
dalam aliran darah Anda, hutan ini
gemerisik dan menggigil.

Pikiran monyet di sekitar
di kanopi, menggigit,
memilih kutu dari
otak yang bercabang-cabang,
menggaruk selangkangan mereka,
desir mereka
ekor yang berantakan.
Saya mendengar mereka, jauh di sana,
di langit yang tak tersentuh.

Lengket seperti madu,
dan tajam seperti sarang
yang menaungi mereka,
lebah pekerja
dengung dan dengungan.

Dan jauh di dalam hutan
harimau betina yang menua
memangsa dirinya sendiri
kulit yang lembek.

Air Terjun

Mari kita bangun air terjun,
katanya; ini akan menjadi sesuatu yang unik,
memberikan sentuhan khusus pada ruang ini.
Jadi mereka menyisihkan satu sudut,
dan menyaksikan batu-batu itu muncul,
dengan hati-hati di atas alas beton,
dengan jumlah yang tepat
keanggunan pedesaan.

Seiring berjalannya waktu, motor berhenti.
Pipa-pipa tersumbat
dengan lumpur dan daun yang membusuk.
Air terjun itu berdiri kering
dan memakan tempat.

Akhirnya ular-ular itu
menemukannya,
membuat rumah mereka di sana.
Anjing-anjing menggonggong sesekali,
tetapi tidak ada bedanya.
Tukang kebun mencabuti rumput;
tanah tetap gundul.

Sekarang, ketika mereka berpikir
memecah air terjun,
para pekerja terlihat ragu-ragu,
menuntut harga yang mahal.
Untuk menghilangkan puing-puing
lebih mahal daripada biaya pembangunannya.

Jadi mereka memutuskan untuk membayar
tarif yang lebih rendah,
memasang motor baru,
jaga agar air tetap mengalir.

Iron Woman

Wanita dari besi, dari bintang yang meledak,
aku menanamkan diriku di bumi yang berkerak
yang menunggu matahari terbit.
Palu saya menjadi lembaran,
regangkan saya menjadi kabel.
Aku akan berubah menjadi bajak,
atau menerangi
dunia sebagai gantinya.

Terbebas dari meteoritd
engan lidah petir,
saya mengembang tanpa putus.
Anda dapat melelehkan saya dan mencampur saya,
saya muncul lebih murni,
magnetis dan siap untuk menyerang-

Wanita besi, dalam elemennya.

The Clinging Vine

Taruh dia di dalam lemari pendingin:
biarkan pi
ntu abu-abu metalik menutupnya. Dia akan
 terasa enak ketika waktunya tepat.

Masukkan ke dalam air mendidih,
hingga berwarna merah dan lembut, hingga kulitn
ya terbelah dan airnya keluar.
Buang bijinya; panggang dagingnya dengan
 lembut.

Sedikit bawang p
utih selalu enak, dicinca
ng kasar, dan ditu
mis dalam minyak panas. Untuk pasangan yang sempurna,
cobalah beberapa irisan jahe.

Terakhir, **masukkan dia** ke dalam prosesor yang mengilap.
Pilih pisau dengan carun
tuk memastikan teksturnya tepat.
Potongan-potongan besar sangat cocok untuk salad,
tetapi menghaluskannya **akan membuatnya** lebih
halus di tenggorokan.

Hidangan pembuka, hidangan utama, terserah
Anda.
Biarkan hidangan penutup menunggu.

Penjahit

Harus disesuaikan aga
r pas,
tidak ada lipatan yang melorot,

tidak ada lipatan yang terlihat.
Jadi, regangkan kulit Anda dan bia
rkan jahitan rantai berjalan
 dengan warna hijau dan hitam yang lembut, garis-garis
ganda yang berjalan terus me
nerus,

untuk menyatukan semuanya.

Ini baik untuk Anda:

menjaga kain tetap kenca
ng dan tulang-tulang tetap pada tempatnya;

tendon kencang,

otot ramping;
tapi jangan lupa

sentuhan dekoratif, sedikit renda
itu

di mana belahan dada terbelah.

Pastikan uj
ung yang longgar tertutup dengan baik

saat jarum berkilauan

dan menyelam ke dalam daging Anda.

Beberapa jahitan lagi,

dan di sanalah Anda

sempurna untuk tanjakan.

Terbuang

Awalnya seperti ini:
Sambil memegang tanganku di atas meja kayu,
mempelajari garis-garis dengan rajutan alismu,
kamu memetakan arah yang
kita tahu tidak akan mengarah ke mana-mana;
aku melihat Brahmaputra di matamu,
dan mencelupkan sampan kecilku.

Bertahun-tahun berlalu, sunyi dan hening di tepi sungai.
Laut terlihat semakin jauh dan sun
gai kecil yang menjadi sumbernya mengering di bulu mata saya.
Tidak ada yang dikatakan dan k
ano itu terbalik dan kembali lagi.

Dayung itu menjadi teman,
tetapi membutuhkan waktu lama,
menggali ke dalam daging dan merobek kulit saya.
Anak sungai di kornea saya
berubah menjadi kaca;
Saya merasakannya retak, menarik tornado masuk.

Sekarang, saat air berubah menjadi tenang,
saya menarik sampan,
merasakan Brahmaputra di mata saya.

1980 - 2000

Kristal

Untuk semua kilauannya, berlian
hanyalah karbon, apalagi perbedaannya
dalam hal harga, kualitas, prestise.

Karbon, kata mereka, berwarna hitam, jelek,
sehingga mereka mengubah indeks refraksi,
menggunakannya sebagai petunjuk untuk membidik.
lubang grafis pada masker kertas,
kemudian menyadari bahwa itu bisa dipoles
untuk tujuan yang lebih besar, dan dibuat
apa yang kita sebut sebagai berlian. Kelembutan
berangsur-angsur menjadi keras.

Hari ini, hanya berlian yang lain
dapat memotong saya.

Engsel

Aku menemukan tubuhku
berengsel seperti pintu lainnya.
Itu bisa membuka dan menutup hanya dengan
dorongan.
Terlalu sering didorong-salah satu engselnya
merasa tidak aman, yang lainnya
kokoh seperti besi. Tidak ada alat
tampaknya berhasil ketika saya mencoba
melepaskan diri saya sendiri, dan tukang kayu
mengenakan tarif yang terlalu tinggi.
Jadi saya memutuskan untuk membiarkannya di tempatnya.
Sekarang saya sedang membangun tubuh yang lain untuk diri saya
sendiri.

Dongeng Hari Ini

Pegang aku, gurita.
Delapan lengan Anda tidak cukup.

Pada suatu hari, mereka berkata,
ada seorang gadis kecil
yang membiarkan rambutnya tergerai,
dan Pangeran Tampan
menyelamatkannya dari kastil.
Kemudian para gadis berhenti membiarkan rambut mereka tergerai,
mulai tinggal di apartemen kotak korek api,
dan tidak perlu lagi diselamatkan,
atau begitulah yang mereka pikirkan.

Octopi tidak muat dalam kotak korek api,
tetapi tidak ada yang cocok di mana pun.
Kotak berputar-putar,
orang-orang modern kehilangan moralitas mereka.
Rapunzel merasa bersalah.
Dia akan berteriak jika dia memiliki suara,
tapi kemunafikan mengajarinya
untuk membuat secangkir kopi yang tak ada habisnya.
Lihat, Pangeran Tampan, betapa hidup
kafeinnya membuat saya!
Ini hanya kelemahan kecil,
sisanya semuanya tersembunyi.

Pangeran Gurita, delapan lenganmu
serpihan,
mengapung di laut.
Apakah mereka pernah menjadi satu?

Apakah Anda benar-benar ada di sana atau saya
hanya membayangkan tentakel Anda
tumbuh dari kulit kepala saya?

Schoolgirl No More

Aturan untuk desain geometris
dan pengukuran, tetapi tidak ada
mengukur sesuai dengan yang seharusnya
dan matematika
presisi
tidak pernah menjadi poin yang kuat
dengan saya. Ini adalah hal-hal
untuk sekolah, bagaimanapun juga, dan aku
telah mempelajari pelajaran-pelajaran lain,
yang saya duga tidak berarti apa-apa.

Saya mempelajari mekanismenya
terbang burung dalam Biologi
tetapi tidak memiliki sayap.

Atlas saya menunjukkan Kutub Utara
tapi tiga inci di atas kertas, saya temukan,
kalikan menjadi beberapa mil.

Sejarah mengajarkan saya untuk tidak hidup
di masa lalu, dan sastra Inggris
Bahwa aku tidak pantas berada di sini.
Menyulap dengan rumus-rumus fisika,

Saya menyadari bahwa semuanya relatif,
termasuk kebencian saya terhadap Einstein,
dan diriku sendiri.

Papan Selam

Ketika Anda mengambil risiko yang sangat besar
itu sama
seperti saat-saat lainnya Anda
melompat dari papan loncat,
setengah telanjang, mendebarkan
dengan harapan dan sedikit rasa takut
karena airnya mungkin
terlalu dingin. Hanya kali ini
rasa takut pasti membayangi
sensasi dari hal yang tidak diketahui.
Anda tidak tahu
apa yang akan Anda lihat.
Anda melihat sendiri
telanjang untuk pertama kalinya
karena kami belum pernah melihatmu
di balik senyumnya yang rapuh.
Apa yang Anda ingat
dari hari-hari kering
Anda tinggal? Apakah anak-anak Anda,
atau menurut Anda
nenekmu,
sembilan puluh delapan tahun, setengah botak,
gemetar karena usia yang lumpuh, sementara Anda
masih muda dan tersenyum

terlepas dari tekanan
yang akhirnya mendorong Anda pergi
papan selam?
Apakah Anda memikirkan teman-teman
yang akan merindukanmu? Anda tidak lagi
membutuhkan mereka. Air sedingin es
sudah cukup untuk memuaskan dahaga Anda.
Begitu juga dengan batin Anda,
yang masih hidup,
hangat untuk penghormatan yang diberikan?
Mungkin Anda merasa sedih
karena kami harus bersedih,
karena Anda, satu remeh
manusia di dunia
dari benda yang sama kecilnya,
memutuskan untuk melepaskan milikmu selamanya
dan berenang tanpa penutup
di kedalaman yang belum pernah Anda lihat sebelumnya.

Anda kadang-kadang datang untuk bernapas
kenangan kita. Dan gambar Anda tersenyum
karena kami takut untuk melompat,
lebih memilih untuk menurunkan diri kita dengan lembut
dari pagar logam yang kokoh.

Stet

Satu tahun menandai paragraf
dan waktu, menghapus kata-kata,
menambahkan koma, menulis ulang
kolom homeopati dan berkebun.
Satu tahun jamur
tumbuh dari telinga, mata,
lidah, satu tahun
merasa seperti roti berjamur,
penuh dengan lubang.

Bagus untuk dikoleksi
gaji bulanan empat digit,
membeli celana jeans baru,
menyembunyikan jamur
tumbuh di paha.

Sampai Anda merasa seperti meniru
Anda sendiri - dibersihkan, dipangkas,
diproses komputer dalam warna hitam dan putih,
terselip di halaman dalam
dari dunia yang tidak pernah Anda buat.
Beralih ke aslinya.
Beberapa sub-editor di sana
menandainya 'STET'.

Pembersihan Musim Semi

Itu adalah tengkorak Anda di rak paling bawah,
menatap tanpa soket di pergelangan kaki saya.
Itu adalah penemuan yang mengejutkan di antara mereka
tandan pakaian lama.
Suatu ketika saya akan berteriak;
sekarang saya telah belajar untuk membuang
apa yang tidak sesuai, dan terutama, semua yang jelek.

Dengan sembarangan menggantungkannya di gantungan, saya menemukan sebuah lengan
condong ke arah parfum;
di sudut lain, lututnya terkilir.
Apakah Anda melarikan diri begitu cepat, sehingga kaki Anda patah?
Saya berharap Anda akan menghapus kebodohan itu,
seringai ompong dari wajah bodohmu.
Anda tidak perlu malu membiarkan
aku turun. Pria lain juga pernah, dan mereka
tidak hancur seperti Anda.

Apa yang dilakukan seseorang
dengan sisa-sisa manusia? Haruskah aku
taruh di keranjang sampah, dan biarkan
penyapu melihat? Atau, berjuang di bawah beban,
membuang karung goni dari pantai?

Anda benar-benar merepotkan, muncul
pada hari Minggu yang lesu. Sekarang pergilah.
Ketika saya ingin menyapa, saya lebih suka
berjalan ke kuburan
dengan membawa seikat bunga yang harum,
terlihat sedih, dan berpura-pura
Anda masih berada di bawah bumi.

Mengapa Kelinci Tidak Pernah Tidur

Selada adalah obat penenang alami, saya pernah membaca di suatu tempat,
jadi pada pukul tiga pagi, saya akhirnya
memutuskan untuk membuat salad kecil.
Ada kecoak di dalam lemari es
tapi saya mencuci sayuran dengan baik, lalu mengupasnya
lapisan demi lapisan, mengagetkan cacing yang mengantuk
yang telah merangkak dengan marah dari bawah dedaunan.
Potongan-potongan itu tergeletak tidak rapi, tercecer di atas piring,
seperti bercak-bercak sinar matahari di jalan;
jadi saya mencoba strategi lain-sesuatu yang umum, sebenarnya,
penyair ibu rumah tangga mana pun pasti tahu tentang hal ini.

Saya mengambil sebilah pisau, bilahnya menggoda dalam gelap,
dan saya cincang. Saya perhatikan, saya menguap saat saya menguap,
mulai mengambil bentuk yang paling luar biasa.
Di suatu tempat saya mengenali seorang pengantin wanita,
kuku kakinya berubah menjadi abu,
ibu mertua dan suami menutup pintu.
Karya lainnya menampilkan wajah seorang politisi;
yang ketiga adalah seorang anak dengan mata terbuka lebar.
Dan mengapa hidangannya menyerupai
Hiroshima yang terluka?

Saya melakukannya seperti Nazi yang tersenyum
dalam sebuah film yang setengah teringat, yang mengundang
tawanannya untuk makan siang, kemudian menunjukkan
seni memotong wortel.
"Potong, potong," katanya, dan irisan-irisan itu pun berjatuhan,
masih tersenyum, memotong jari tahanan itu,
dua sebenarnya, dengan kata-kata, "Potong, potong,"
dan senyuman lainnya.

Malam itu, saya menemukan alasannya
kelinci sepertinya tidak pernah tidur.

Dachau

Ada keheningan di antara pepohonan hari ini,
aneh, indah, dengan latar belakang langit yang asing.
Di kamp konsentrasi pikiran,
kawat berduri bertegangan tinggi masih hidup,
tidak ada satupun tahanan yang melarikan diri.
Kata-kata persalinan, terengah-engah, jatuh
kekurangan gizi satu sama lain
dalam tumpukan, menghirup bau busuk
dari pikiran-pikiran yang telah mati sebelumnya.
Dan musik diputar saat masing-masing berbaris menuju kematian.

Oh, dunia Nazi! Di balik senyuman
begitu kaku, keseragaman berkilau
seperti kancing dan dingin. Dan selalu,
kamar gas dan pistol.
Terlalu banyak yang berdesakan di dalam barak kepala
dalam barisan panjang yang rapi dan kini dikelilingi pepohonan.
Terlalu banyak tumpahan dari pembuluh darah yang keras,
menetes ke tanah, kemudian disembunyikan oleh salju.

Keheningan menyebar
seperti leukemia.

Berkancing

Duduk di sini, seperti kemeja hitam yang basah
di ambang jendela, saya meneteskan ke
pantai dengan jahitan saya yang ketat di sekelilingnya
lubang lengan, keliman saya berubah ke dalam,
menyusut tepat di bawah pinggul.

Anda menjemputku sesekali, dan perjalanan panjang saya
lengan baju yang mencengkeram kerah, ikal
di leher Anda, meluncur ke bahu Anda,
dan aku meluncur ke bawah tulang belakangmu,
biarkan angin sepoi-sepoi berlalu dengan lembut.

Kembali ke dalam air, Anda menarik saya
secara kasar dari punggung Anda.

Aku melihatmu berjalan menyeberangi lautan,
tombol-tombol di bawah mata saya.
Yesus salah, aku telah menghangatkanmu
selama musim, tubuh Anda
dorong ke dalam ruang saya, sementara kami membiarkan
angin sepoi-sepoi yang berhembus lembut seperti doa yang setengah terucap

seperti mantra tantra yang bergumam

garis leher saya bergumam ke bawah saya
garis leher dan tiba-tiba
lengan bajuku berubah menjadi sayap
Aku terbang melintasi langit.

Anda bercinta dengan hiu saat saya
melingkari Anda seperti lingkaran cahaya bulan

dan anak-anak Anda yang belum lahir berubah
hingga ubur-ubur di pasir.

Kekasih, Pecundang, Pecandu

Ketika Anda bahagia, hanya klise
yang terlintas di benak saya-langit berwarna biru,
Rumput hijau, kupu-kupu bebas.
Kemudian, sesuatu terjadi, dan menyendiri
sebagai seorang pembunuh, Anda memutar pisau
dan mengintai di jalanan, otak Anda
dihancurkan menjadi bubuk seperti isinya
dari sebuah botol tamparan. Nirwana dengan harga sepuluh rupee
murah, tetapi langit memiliki semburat keperakan
Anda lebih suka menganggapnya sebagai abu-abu,
kupu-kupu disematkan, dengan kepala menghadap ke bawah,
punggung mereka ke dinding, seperti Anda.

Datanglah padaku, sayang, teriak wanita itu,
dan sang kekasih, jujur pada dirinya sendiri, tidak.
Kemudian pisau menjadi jari telunjuk,
kemudian banyak jari, dan tangan akhirnya siap.
Cekik dia, bisik sebuah suara, cekik dirimu sendiri,
tetapi Anda tidak melakukan apa pun kecuali memutar saputangan
di telapak tangan Anda, sementara dunia menertawakan dan
menyebut Anda gila.

Psikiater tersenyum; dia tidak memiliki sofa.
Dia beroperasi di berbagai meja restoran dan bar,

naik taksi yang mahal. Dia baik, menurut Anda,

lalu hilangkan huruf 'o', jadikan dia tuhan,

saat dia merangkul Anda,

berbicara tentang J Krishnamurti, dan yang Anda pikirkan hanyalah kematian,

dan dia mengatakan kepada Anda bahwa suatu hari Anda harus mati, tetapi tidak

segera. Dan kupu-kupu itu samar-samar meronta-ronta di atas jepitnya,

dan kumulus mengepul di langit,

dan tiba-tiba rumput berarti ganja, dan Anda tinggi.

Tetapi ketika Anda terbang ke atas dan gravitasi kehilangan kekuatannya,

Anda tidak bisa berhenti Anda pergi lebih tinggi lebih tinggi lebih tinggi

sampai Anda terkena pukulan di wajah Anda. Gula merah,

mereka menyebutnya, rasanya manis, warnanya cokelat berlumpur;

Anda menggunakannya untuk kue, ibumu berpikir

jauh di dapurnya di bumi, sementara Anda,

Buddha seharga Rs. 10, tersenyumlah dengan ramah di surga Anda.

Dan psikiater mengucapkan selamat tinggal, meninggalkan Anda untuk membayar tagihan restoran, dan jangan lupa bayarannya

meskipun dia tidak akan bertanya. Kupu-kupu

tidak lagi mengalami kesulitan, sehingga Anda berpikir bahwa semuanya baik-baik saja.

Kemudian Anda menyadari bahwa ini tidak lagi berkibar

karena sudah mati. Dan Anda, masalah besar,

mereka merobek-robek Anda dengan pisau,
dengan jari telunjuk, lalu mereka tersedak
napas terakhir dengan saputangan di telapak tangan Anda.

Seluruh dunia baik-baik saja, pencinta mitos;
langit berwarna biru; setidaknya terlihat seperti itu warnanya
dari bawah sini di mana api menyala.

Kayu Berkuda Merah

Pada saat ini, tidak ada apa-apa.
Telepon duduk, menunggu untuk
hancur, kabelnya menggantung lemas
dari dinding. Dan batu bata
muncul lagi di sekitar kepalanya.

Seorang pengembara tanpa tujuan berjalan-jalan
melintasi pipi, berhenti
pada jalur garamnya, lalu melanjutkan.
Dua mayat terbaring di pantai
seperti dalam film Hindi kelas C.

Pada saat ini, mereka semua berada di tempat yang jauh.
domba-domba yang mengembik di malam hari
sampai dia kehilangan hitungan; kelinci dan kura-kura
yang membuat dunianya marah-dan tikus-tikus
berebut menaiki tangga mereka ...
Dia telah menutup pintu bagi mereka.

Dia menggaruk-garuk kayu seperti beberapa
jalang yang terlupakan. Untuk menendang pintu
sederhana, untuk memutar kait tidak sederhana.
Catnya mengelupas, tetapi jiwanya

terbuat dari kayu jati.

Suatu ketika, ada dia,
kuat seperti hutan, penuh dengan kunang-kunang
dan keheningan yang misterius.
Dia membakar dirinya sendiri, membakarnya,
kemudian bangkit dari abu (Red Riding Wood)
memberikan dirinya kepada setiap serigala yang ada di sekitarnya.

Wanita tua yang giginya berbohong
di tepi perapian-adakah dia seorang nenek moyang,
atau hanya terkunci yang tidak bersalah
dalam kapsul waktu?

Anjing di depan pintu
tidak mengatakan apa-apa. Itu telah menyelinap
ke dalam hutan.

Apakah Anda di sana?

Saya sedang mencari dewa.
Bukan jenis batu-
Saya merasa itu terlalu sulit.
Yang terbuat dari kayu
terbakar
dan kertas
terlalu mudah robek.
Dewa logam, saya temukan,
berkarat, dan Tuhan
seharusnya menjadi brilian.

Saya memiliki kecurigaan yang menyelinap
dewa meninggal karena gangguan pencernaan.
Beras mentah yang terus mereka berikan kepadanya
pasti sudah terbukti terlalu banyak.

Pengakuan Sang Ateis

Pada usia tiga belas tahun saya percaya pada kelopak mawar
berserakan di kaki bumi-dewa.
Aroma *Agarbatti* membuat saya mabuk
dan saya makan *prasad* hanya setelah mandi.

Pada usia empat belas tahun, dompet saya disayat
di tengah-tengah kerumunan orang di kuil.

Pada usia empat belas setengah tahun, saya mulai bertanya-tanya.
Para dewa tidak lagi tersenyum
ketika saya berdoa. Mereka tidak bisa.
Mereka adalah berhala-berhala dari batu.

Lima belas tahun, dan The Beatles
menjadi dewa saya. Aku tumbuh memabukkan
di Chanel 25, makan jari ikan
Di sela-sela tegukan gin.

Pada Hari Agama Sedunia,
saya berpidato.
Tuhan tidak ada, kata saya.
Saya berusia delapan belas tahun, dan menyembah diri saya sendiri.

Pada usia dua puluh tahun, kelopak mawar ada di pipi saya

dan di rambut saya dan di karangan bunga
yang dibawanya saat mengajak saya makan malam.

Kemudian dia mengambil pisau dan memotong
bunga-bunga dari batangnya.
Aku layu; dia tumbuh memabukkan
pada aromanya.

Dua puluh dua. Saya tidak lagi beribadah
saya sendiri, atau dia.

Saya melihat patung-patung di ruang puja
dan keajaiban-adalah para dewa
samar-samar mulai tersenyum lagi?

Ramayana Ditinjau Kembali

Televisi merembes melalui dinding
seperti mimpi buruk lainnya.
Seseorang menangis seperti biasa, saus tomat
mengalir melewati pisau. Dan di sini, sesuatu yang lain
menggumpal di bawah bulu mata saya.

Tidak ada yang mereka ajarkan kepada saya di laboratorium kimia
mempersiapkan saya untuk gas yodium
ungu yang mengamuk sebagai dosa di dalam perut saya,
obat yang mengerikan untuk luka
yang berubah menjadi udara.
Sita, cantik seperti mitos,
merobek-robek saya saat dia meratap
pada layar.

Begitu banyak gerakan
terperangkap dalam
lemari ruang tamu. Saya bergoyang di kursi,
tetap berada di tempat saya berada,
melihat Sita terbawa suasana
oleh iblis. Kalau begitu,
sekarang saatnya makan siang.

Kemudian, berita itu muncul.

Anak itu, yang kurus kering, tidak lagi
bahkan menjadi tajuk utama. Pembaca berbalik
ke skor kriket terbaru.

Sebuah bom meledak di dalam rahim saya,
tapi saya bertahan hingga hari Minggu tiba lagi,
waktu bagi Sita untuk merayap
kembali melalui dinding.

Saya meluncur minggu di belakang saya seperti kotoran,
atau lebih tepatnya, seperti ular yang berganti kulit,
menelan masa lalu saya seperti kelinci,
utuh, tidak tercerna, dan itu menunjukkan
di suatu tempat di tengah-tengah kumparan saya.

Saya ingin menancapkan taring saya ke Sita,
tapi dia lenyap saat saya menyerang.

Rokok

Terbakar habis, abu
goyah di ambang kejatuhan.
Bara api menjadi kering seperti besok
menjadi kemarin,
merokok menjadi ketiadaan.
Pintar, tapi menyengat
tidak terlalu penting,
untuk sesuatu yang ada di dalam diri sadar
semuanya akan lenyap,
tidak pernah diingat
kecuali sesaat
dalam serangkaian kekalahan.

Pada awalnya, rokok itu terasa
keras di mulut Anda,
maka Anda akan terbiasa dengan hal itu.
Satu lagi, digulung
dari pengalaman,
tidak akan membahayakan apa
dirugikan untuk pertama kalinya.

Jadi, lanjutkan saja-suatu hari nanti bahkan Anda
harus jatuh ke dalam baki.
Maka itu tidak akan menjadi masalah lagi.

Tujuan

Indikator elektronik menyala
di atas alis kiri; orang
sepotong, lalu meledak-begitu banyak
pil semangat ke dalam kerongkongan. Kepala
meledak ke dalam kompartemen kereta api kelas dua.

Setiap kali pertanyaannya sama
seperti perjalanan yang sia-sia
antara Churchgate dan kegilaan,
selalu di sepanjang jalur yang sama, kembali
dan seterusnya, sampai menjadi membosankan
seperti yang pernah dibaca di koran,
tertinggal di kursi kayu.

Untuk menghilangkan kebosanan,
Saya mengubah jeritan menjadi jarum rajut
dan menyaksikan sebuah ketidakrelevanan tumbuh.

Alasan untuk Hidup

Saya membunuh diri saya sendiri dalam potongan-potongan kecil,
tapi seperti cacing tanah, selalu berhasil
untuk tumbuh lagi. Saya mencoba setiap hari
dan hampir percaya
Saya semakin mahir dalam hal ini,
jika saya bisa berhasil sekali saja.

Hari ini, saya menemukan tanaman aneh di bawah tanah,
jadi saya pergi untuk melihat-lihat.
Warnanya putih, bergerigi, dan membakar saya.
Ternyata, sepotong petir
telah mengagetkan ke dalam tanah.

Tapi saya tidak mati. Beberapa lagi dari saya
menjadi hangus dan beberapa lagi dari saya
tumbuh dengan tekad yang luar biasa.

Hampir seolah-olah benar-benar ada
alasan bagi saya untuk hidup.

Chip Mika

Biarkan diri Anda turun dengan lembut dan air
akan menghisap daun busuk yang mengapung
dari suatu tempat, tersangkut di antara gigi Anda,
serpihan dari sebuah kapal yang tenggelam sejak lama
akan menusuk, tetapi tidak ada yang terasa.
Sirip, sisik, insang, semuanya membusuk, tidak layak
untuk gubuk nelayan, atau meja wanita.
Mereka bilang memancing adalah rekreasi; sekarang,
begitu dekat, ikan-ikan itu hanyalah bau busuk.
Pabrik bahan kimia di dekatnya, dengan para pekerjanya
memuntahkan lima seperti asap, melihat itu.
Memori, berkilauan seperti kepingan mika,
disembunyikan di balik kapal yang lewat,
kemudian mengapung di depan mata lagi dan bersinar
sementara Anda berjuang untuk mengimbangi.

Tinggalkan berenang sekarang;
mika itu terlalu berharga.
Lepaskan daun yang sudah berurat dan berwarna cokelat,
gigi Anda tidak akan pernah membutuhkannya.
Sudah lama sekali, temanku,
Anda terjatuh, dan kehijauan berubah menjadi tinta,
dan ketika membusuk, Anda melayang,
membuat pola-pola yang tidak masuk akal di usus saya,

Lidah dan bibir saya
menjadi hitam dan berpasir.

Biarkan saya membenturkan kepala
saya ke batu.

Di bawah sini, bahkan Neptunus pun tidak bisa melihat.

Candle Night

Lilin ini adalah benda yang keras kepala:
Kamera ini meleleh, berkedip-kedip, tetapi tidak akan terbakar dengan sendirinya.
Ini menggoreskan garis-garis yang dapat dilihat oleh seluruh dunia.

Tidak ada yang mengalir melalui arteri kecuali lilin-
cair, cair, kadang-kadang agak hangat.
Kemudian mengeras dan mencekik tenggorokan.

Lilin ini berasal dari toko bahan makanan,
Tuhan yang tertipu, tampak seperti yang lain di dalam kotak.
Kemudian, anggur tersebut dimatangkan seperti anggur di dalam bufet sampai menyala.

Untuk sesaat, batang korek api berdecit,
menyentuh benang, lalu keluar dan meledak.
Kemudian ruangan menjadi gelap karena arus listrik juga mati.

Dalam kegelapan, ia duduk dengan penuh harap
Untuk membantu menemukan kotak korek api lagi,
tidak menyadari bahwa tidak ada orang di rumah.

Dan kabel tembaga berderak dengan percakapan,
semua rahasia, tidak meledak menjadi cahaya.

Ini adalah hari mereka, bukan hari lilin.

Tetapi lilin itu keras kepala, jika tidak berbentuk;
menyesuaikan diri dengan keadaan apa pun.
Ia meregang, ia bertahan, ia bunuh diri
sementara sumbu berjalan melaluinya seperti saraf.

Hajar sinapsisnya, seseorang, lepaskan.
Akarnya mengeras terlalu cepat
seperti tulang yang mengeras di tulang belakang.

Tulang yang mengeras milik peti mati
tetapi lilin ini tidak akan terbakar dengan sendirinya.

Mengubah Ego

Emosi adalah kata yang kotor,
dibalut dengan cara yang klise, memalukan.
Tapi dia menumpahkannya seperti kesuburan
ke dalam kain kasa katun, secara berkala.

Gigi yang sempurna, kebanggaan seorang ortodontis,
membentang menjadi senyuman yang memecah kulit,
kilau di matanya seperti Diwali lalu.

Semua ditutup-tutupi. Sebuah kanjeevaram sutra
di atas anggota tubuh yang tidak dilapisi lilin, Plaster of Paris
menegang di atas tulang rusuk. Gemerincing gelang kaki
untuk memblokir kesunyian, memecah
begitu rapuh, rantai perak.

Minum. Es batu mendinginkan gelas,
setangkai daun mint sebagai sentuhan dekoratif.
Selalu wanita, pilihannya adalah gin,
yang menghirupnya dengan lembut.

Dia tidak merokok, kecuali keinginannya terbakar,
tetapi tahu saat yang tepat
untuk menyalakan rokok pria itu.

Batuknya tidak kentara, di balik tangan yang dicat.

Kata-katanya selalu lembut, dirancang
untuk membuatnya mendekat agar dapat mendengar apa yang dikatakan,
dan apa yang dikatakannya - sial - tidak penting.
Anda tidak mendengar kata-kata kotor, tentu saja.
Dia menggumamkannya di dalam sel-sel kelabu di kepalanya,
dan dia, tetap asyik dengan kepentingannya.

Dia mengepalkan kukunya lebih dalam ke dalam tengkorak
(mereka mengira dia sedang menepuk-nepuk rambutnya).
Apakah itu darah, atau sekadar pernis, yang menetes keluar?

Bagi seluruh dunia, ini terlihat
seperti *sindoor* di tempat yang seharusnya.

Pengendalian Hama

Dia menukik melalui jendela
dari kereta yang bergerak, kecoa terbang
langsung ke pangkuan saya. Aku menepisnya
dengan kikir kuku di tangan saya.

Lalu ada kelabang,
seratus kaki yang tidak membawanya ke mana-mana.
Dia tiba dalam salah satu dari sekian banyak perjalanan saya
melalui hutan pikiran.

Kembali ke rumah, kadal itu sedang menunggu,
dingin, tidak bergerak, punggungnya menempel ke dinding,
abu-abu kehijauan di matanya menjadi tanda tanya-
mungkin bukan tanda tanya, melainkan pernyataan.
Saya tidak tinggal cukup lama untuk mencari tahu apa yang terjadi.

Beberapa yang lain juga, menurut saya, merayap
masuk dan keluar. Ada semut-semut itu,
banyak dari mereka, yang menjadi merah dan menggigit
ketika saya mencoba untuk menghancurkannya;
beberapa kecoak, jenis yang merayap,
tapi jangan merayap pergi;
nyamuk, tentu saja, yang menghisap,
dan meninggalkan bekas pada saya.

Dan aku-aku berdiri di sana tak bergerak,
seperti sekaleng pestisida,
penuh dengan racun,
semua itu ada di dalam diriku.

Skizofrenia

Pagi ini, kaca depan
tergeletak hancur di atas tanah.
Seseorang, mungkin, telah meninggal
pada malam hari, ketika hantu
berbisik-bisik di antara jalanan,
dan di pagi hari, para komuter mengalir melewatinya,
seperti asap bensin yang tajam.

Saya tersandung seumur hidup yang tertangkap
di bawah sepatu saya. Seorang pria asing bersiul,
tidak senang, tapi lech.
Seperti manekin, saya tersentak menghina
seperti senyuman. Otot terasa sakit, rapuh.

Itu adalah waktu untuk hidup, tetapi kerikil-kerikil
pecah di bawah kulit saya, saat saya berhenti sejenak
di atas batu karang sel saya.
Di luar, orang-orang berkicau di Twitter;
anggota tubuh saya menjadi tegang seperti seruling

tetapi tidak ada musik yang terdengar. Balon berisi helium
terlepas dari tangan seorang anak laki-laki yang sedang tersenyum;
dia menjerit mengejarnya dengan penuh kegembiraan

Dulu saya tahu.

Tidak lagi menjadi masalah bahwa cabang-cabang
berbicara kepada saya, berdiri seperti pejalan kaki yang tersesat
dekat persimpangan yang sibuk. Itu tidak masalah
untuk iklan masuk jauh di bawah kulit saya.
Saya merobek kanvas, merobeknya dari wajah saya.

Menurut saya, kaca depan itulah yang
Saya ketinggalan semalam.
Lihat, potongan-potongan itu berkilauan seperti mata
di jalan setapak. Otakku
menggulung seperti logam yang dipelintir
di sebuah kuil, seorang dewi yang cabul
orang banyak menyembah

karena dia sudah mati.

Mayat-mayat itu membuatku berbasa-basi.

Aman-aku pikir

Dua puluh empat punggung bukit di atas pohon palem,
Saya mengepakkan pelepah saya dengan lembut tertiup angin.
Setiap musim, dengan setia, kelapa
datang seperti tetesan air mata, kaku dalam kelompok
di bawah dedaunan saya, tersisa sampai beberapa
orang asing berkulit gelap dan bertubuh langsing
menaiki saya, mengutak-atiknya untuk mendapatkan keuntungan.
(Tiga rupee untuk satu air mata, terkadang empat,
dan sedikit tawar-menawar diperbolehkan).

Saya melihat cangkang kerang yang sudah kering, terlupakan.
Hari-hari ini, saya melihat beberapa hal; saya telah bangkit
seperti gelombang pasang yang berbintik-bintik matahari,
terkejut di udara. Apakah itu Bahtera Nuh
mendekat, atau hanya seorang nelayan
kembali ke desanya di Versova
menang dengan hasil tangkapannya?
Saya melambaikan tangan kepada pesawat yang lewat,
sudut pantai ini adalah satu-satunya rumah saya.

Seekor burung duduk dengan tenang di atas ranting saya,
terlindung. Ujung-ujungnya berubah menjadi jerami,
mengalami dehidrasi akibat panasnya musim panas.

Nantinya, mereka akan menggunakan saya untuk membuat atap rumah mereka.

Dan aku akan terus sampai cincin
lesung pipit dan gabungkan, kulit kayu
semakin sulit setiap harinya.

Dua puluh empat punggungan di atas pohon kelapa
tidak cukup, dan aku aman-saya pikir-
selama 150 tahun ke depan, kecuali jika ada birokrat
memerintahkan saya memotong karena saya berdiri
di tengah-tengah tempat sebuah bangunan seharusnya berada.

Oceans Away

Bergulung-gulung, tetapi tidak pernah berhen
ti menyentuh kami, lautan berbau bus
uk di bawah sinar rembulan. Dengan bertelanjang kaki,
pasirnya terasa sangat sensual,
namun sekali lagi, cin
ta pantai harus tersapu bersih.
Sentimen, kata Anda, menakutkan,
jadi sebagai gantinya, kami tertawa, melonta
rkan lelucon-lelucon kotor, Anda menggamb
arkan perselingkuhan pertama
Anda-bagaimana penampilannya, apa yang dia lakukan.
Saya juga mengatakan beberapa hal.
Kami berbicara untuk menghabiskan waktu,
mencari cara untuk mengucapkan selamat tinggal.
Cukup sederhana, sungguh,
dan semuanya sangat santai.

Kemudian, kami makan
. 'Senang sekali bisa mengenal Anda,' kata sa
ya. Formalita
snya adalah formalitas yang dipraktikkan.

Di suatu tempat di lautan yang kami tinggalkan,
banyak kapal yang berkilauan,
tidak ada yang cukup dekat dengan yang lain.

Senyum Kertas

Topeng tidak akan jatuh
untuk menampakkan diri Anda y
ang sebenarnya. Ada yang menarik diri,
ada pula yang tidak mengerti maksudnya.
Tidak ada yang bisa merobeknya sa
mpai kertas senyuman itu tersayat.

Saya menunggu sendir
ian dalam keheningan d
i dinding yang dicat.

Teh untuk Dua Orang

Celupkan setengah sendok gu
la ke dalam cangkir. Perhatikan
butiran putih berubah menjadi cokelat. Terakhir,
masukkan sendok ke dalam.
Campur cairan dengan semi-cair.
Bertukar basa-basi,
lalu telan semuanya.
Setelah menghangatkan bagian dalam tubuh Anda,
dan Anda hanya memiliki ampas yang tersisa,
pelajari pola yang dibu
at oleh dedaunan dan, dengan gaya gipsi,
perhatikan bentuk ular yang menanda
kan adanya musuh di sekitar Anda. Kemu
dian lihatlah orang yang melayani Anda.

Anda akan menemukan bahwa gipsi itu benar.

Planet

Kadang-kadang di kereta api ekspres, saya melihat gambar-gambar spirog
rafi y
ang memudar, gambar-gambar yang digambar dengan kebingungan yang ceroboh.

Di lain waktu, saya mencari kereta ekspres;

di gurun, hanya unta yang lambat yang tersedia.
Ada kalanya, bahkan ketika semu
a ini tidak ada, dan saya memi
njam secara kredit dari
pesawat yang sulit untuk memotret d
i atmosfer yang penuh
dengan kerutan. Di sana dingin
, tetapi komet yang tersembunyi membuat sa
ya tidak kedinginan.

Saya bertanya-t
anya saat saya berjalan - apakah saya dilahirkan di s
ini atau saya tersesat ke dalam
kamp konsentrasi dan
 berpikir bahwa kawat berduri da
pat melindungi?
Saya tidak bisa ban
yak bertanya-tanya karena sudah
 waktunya sayap-sayap itu dikembalikan.

Saya harus mencari cara
untuk membayar bunganya.

Kecoa

Pergi melalui nilon,
miliki sebanyak yang Anda inginkan,
kemudian lanjutkan dengan menangani denim.
Sesuatu yang mengalihkan perhatianmu-
di sana, di sudut itu, lihat!
Gumpalan putih kecil,
makanan lezat yang menggoda. Tidak dapat menunggu
sampai hidangan penutup, Anda bergegas turun,
melupakan bunga georgette dan nilon,
menggigit naftalena yang mematikan.

Sangat menyenangkan saat itu berlangsung.
Sekarang Anda hanyalah mayat,
tersembunyi di suatu tempat di rak
sampai lemari dibersihkan sekali lagi.

Hal-hal yang dapat dilakukan

"Saya tidak bisa," katanya, "menikah",
matanya dengan ahli memeriksa
gelombang di bawah kaus.
"Ada banyak hal yang harus dilakukan,
tanggung jawab... Saya tidak mampu membeli
apartemen, mobil, perabotan, biaya-biaya
yang akan membebani saya.
saudara perempuan saya harus dikirim ke luar negeri
untuk mempelajari manajemen."

"Jangan salah," katanya,
"Aku menyukaimu," sambil melirik ke arah pern
is pada kuku yang terawat, yang sangat
 serasi dengan senyuman lipstiknya.
Pelayan menyela, tepat saat
segalanya menjadi semakin menarik.
Ia memesan udang dengan saus bawang putih,
mie, gaya Hakka,
sementara naga di dinding
mengintai dan meludah.

"Api," serunya, saat cabai
menyentuh lidahnya, "tapi saya menyukainya",
sambil menggigit udang yang masih berdaging.
Mie yang melengkung seperti ular
di sekitar garpunya, dia memilih

sepotong ayam dari piringnya.
Di sela-sela waktu istirahat, katanya,
"Tanggung jawab, sayang. Aku punya
tanggung jawab."

"Bajingan!"
Kata-kata itu tidak bersuara,
bulu matanya turun. Itu tidak akan dilakukan
untuk mengungkapkan pikirannya.
Udang di atas piring
hilang di bawah ular;
lalu dia menemukannya,
ususnya terburai keluar
dari bagian vital lainnya,
dibuat murni dan lezat,
layak untuk dimakan. Dia telah kehilangan
Sesuatu juga, dia tahu,
ketika mereka tidak memiliki tanggung jawab,
atau mengira mereka tidak memilikinya.
Naga di dinding melompat turun,
dan kembali, dan turun lagi,
catnya hanya api, warna oranye.

"Tanggung jawab, sayang...", katanya,
dan kenyang, tertidur pulas
di meja restoran.
Dia membayar tagihan dan pergi.

Off-Track

Semua berawal dari sebuah koper,
dua pasang stoking,
tiga kardigan, sarung tangan
untuk bergulat dengan hawa dingin;
oh ya, sari juga.

Dua puluh lima tahun penuh sesak
ke dalam tas kulit sintetis,
Aku berangkat ke langit
seperti pesawat pribadi,
tetangga saya di kursi sebelah
hanya partikel debu biasa.

Suara desiran di kepala saya mulai terdengar
jauh sebelum aku terbang, melompat keluar
dari layar televisi, menggiring bola
melalui gelas koktail.
Tetapi di atas, nada suaranya berbeda,
suaranya terdengar berbeda, namun demikian,
Tentu saja, saya pernah mendengarnya sebelumnya.

Di ruang ganti, wajah saya menoleh ke dalam
keluar, menatap ke belakang di dalam kabin bertekanan

dari kaca berlapis perak.
Cincin di tangan kiri saya entah bagaimana
melompat ke kanan; samar-samar,
pelajaran sekolah kembali.

Itu adalah waktu untuk pembiasan
dan sekolah tertinggal jauh di belakang
di suatu tempat jauh di bawah kaca jendela itu.
Awan-awan berjalan di langit seperti Wordsworth,
berbisik seperti angin di telingaku.

******

Di London, kata nyonya rumah saya, sambil membuka tisu,
jika Anda menggunakan saputangan di hidung,
mereka menyebut Anda, 'Orang Asia yang kotor".
Saya perhatikan dia belum mandi
sejak hari Sabtu.

Saat itu dingin. Aku membungkus rasa takut
di sekitar dadaku, seperti sisik
di atas ikan, berenang ke hiu
dan makhluk lainnya. Selalu
mereka tersenyum, termasuk
yang berwarna abu-abu dan berlendir,
yang berkata, "Orang India sialan!"
dan menelanku secara utuh.

Tidak seperti Yunus, saya mengulur waktu saya
lalu melemparkan diri saya keluar.

*****

Amsterdam adalah distributor.
Saya membungkus saluran air
seperti pakis di sekitar kulit saya,
meluncur di antara karang, berhenti sejenak.
Atap pelana naik dan turun
seperti musik; kanal-kanal, semuanya menyala,
berkilauan seperti diskotik.
Saya melihat, dan tidak tahu
dari wajah yang dicat
terjebak di balik kaca jendela di sebelahnya.

Dachau adalah seorang pelacur, dosa-dosanya
tenggelam dalam sejarah
seperti rambut hitam seorang perempuan.
Salju turun seperti ketombe,
menyembunyikan kutu.
Saya menggigil saat turis itu tersenyum.
Mata uang apa yang harus saya bayar,
dia bertanya, seperti saya, dengan kebingungan
dari nilai dan uang, menangis.
Tapi insinerator tidak menangis,
ruang yang tidak berfungsi setelah diisi
dengan gas hanyalah sebuah ruangan kosong-

rumah bordil yang terbengkalai, di mana seseorang
menyuap sejarah agar pertunjukan tetap berjalan.

Saat saya berpaling, setumpuk sepatu
tersandung saya saat mereka menganga
turun dari dinding. Mereka adalah
perpisahan terakhir para tahanan.

****

Dan saya bebas, atau begitulah yang saya pikirkan,
sebagai pengemudi dengan ceria
mengantar saya kembali ke Munich;
sebuah bus penuh dengan orang asing
menatap ke langit.
Saat itu adalah Malam Tahun Baru
di sebuah klub pemuda yang penuh dengan anak punk,
rambut mereka berwarna oranye, hijau,
tidak pada tempatnya sebagai bendera India.

Malam itu, lama setelah
tahun baru telah dimulai,
Saya berbaring di sebuah wisma sendirian.
Saya tidak tahu apakah itu lebih buruk
daripada Nazi yang menggantung seperti kelelawar di dinding.

****

Saya tidak pernah melihat tembok pembatas Berlin;
Sebagai gantinya, saya melahap cokelat Belgia.
Wanita di meja kasir menyeringai,
mengikatkan pita di sekelilingku.
Grand Place terbentang luas
ke langit, kastil abad pertengahan
terbuat dari renda dan nafsu,
dan kami, para cacing
merangkak dari kayu.

****

Setiap hari adalah sebuah transformasi,
jadi aku melompat seperti kukuk
ke Swiss, menandai
waktu dengan bunyi tik-tok di kepala saya;
alarm tetangga
mendorong saya sesekali.
Sesuatu mulai terjadi
dan tumbuh menjadi proporsi Alpine
berkilau seperti cakrawala
dari kereta gantung.

Terlalu jauh untuk dikenali
tetapi orang-orang India di asrama pemuda
memiliki kebiasaan mulut yang saya temukan
akrab, pelebaran tertentu
dari mata, seolah-olah mereka adalah

memberikan ruang untuk menyedot matahari ke dalam.
Di kereta api, wajah penuh, bulat, kosong, dan putih
memiliki senyum yang selalu menghiasi sepanjang waktu.
Mengapa saya mulai berpikir
hari-hari mereka diberi nomor?

****

Milik saya juga diberi nomor,
tapi tumpukan sampah Romawi
menarik perhatian saya
di tengah reruntuhan masa lalu.
Yang modern mereka memiliki
seluruh bak mandi di dalamnya. Keramik putih
mendinginkan tulang saya, keran
kering tidak seperti jalanan mereka.
Saya senang mereka telah membuang jauh-jauh
hantu. Tapi beberapa mil jauhnya
di Pompeii, orang mati terbaring
seperti pernak-pernik di bufet kaca,
beberapa plastik cair dituangkan melalui
daya tarik bintang soket mereka bagi para pengunjung
yang bannya dicuri sementara itu
di kota tetangga, Napoli.

***

Senyum Nicolette terbingkai dalam tetesan air mata,
berada di tengah-tengah antara pundaknya dan langit.

Dia bercerita tentang bangku taman yang dia kenal,
pria yang mencoba membuatnya mekar di malam hari.
Orangtuanya berada di suatu tempat di Inggris yang jauh;
dia sudah lama mencintai seorang pria bernama Yesus.
Kulitnya yang berwarna hitam bersinar murni seperti musim dingin di Paris,
matanya seperti salju yang masih bisa mencair suatu hari nanti.

****

Pria berkulit gelap itu berdiri di bandara
seperti tas tangan tambahan yang tidak diizinkan oleh petugas.
Di suatu tempat terdapat kenangan akan rumah.
Namun, rumah adalah tempat yang belum pernah ia lihat sebelumnya;
Paris sudah memegangnya saat dia lahir.

Dan aku-aku akan tersandung pada saree saya dengan koper
jadi saya meletakkannya dan mendorong troli ke rumah.

Perjalanan yang Belum Selesai

Dan akhirnya, ketika anak-anak sungai
telah menjalankan tugasnya, Anda pulang ke rumah,
merasa sedikit aneh:
kain kotak-kotak merah,
laba-laba dan senar,
begitu akrab,
sangat jauh di luar jangkauan.

Puluhan tahun perjalanan Anda
milik orang lain,
bantal yang disadap di tempat tidur
bayangan di dinding,
wajah-wajah hantu di kereta yang penuh sesak
di trek lain,
koper kosong
di aula orang lain.

Dan tiba-tiba, teman lama
terlihat lebih tua dari sebelumnya:
gadis di cermin
memiliki kerutan yang tidak Anda kenali.
Penyair yang Anda cintai telah berubah
ke dalam asap rokok,

dan tidak ada yang memberitahumu
itu saat Anda pergi,
ada sesuatu di bagian tengah yang rusak.

Saya telah meletakkan tas saya
dalam hal yang tampak tidak asing lagi:
senyuman di lorong,
kamar milik saya.
Namun, gema yang ditimbulkan masih baru,
angin memainkan nada yang berbeda.
Kembali ke rumah di awal,
suara di jendela
diam terhadap bulan.

Anak-anak sungai, distributor,
telah bersatu di tengah jalan.
Tapi kerang-kerang di garis pantai
yang tenang dan putih,
dan ada keheningan di sumbernya.
Saya telah sampai pada akhirnya dan bertemu
awal, menjalankan alirannya yang tidak pernah berakhir
dan saat awan berubah menjadi uap
melawan langit merah
seseorang berteriak.

Masih banyak perjalanan yang belum selesai,

terlalu banyak ujung yang kusut.

Dalam keheningan ruang yang akrab ini

saat laba-laba merangkak keluar

Saya harus mengambil tas saya,

menggaruk koreng,

memulai perjalanan lagi.

Noda Darah

Pria dengan kurta berlumuran darah
datang berjingkrak-jingkrak di jalan.
Abu-abu gelap, kurus, dan botak,
kerangka lima kakinya
dengan liar meninju udara.
Dia melemparkan kurta
di tanah,
kemudian dicap di atasnya
dan menjerit.
Saya mengatakan kepada pengemudi becak saya
untuk bergegas.

Sudah sebulan penuh dengan kekerasan,
kesedihan berputar-putar dalam kolom-kolom yang mencekik,
bertumpu tebal di atas tanah.
Saya menunduk dalam keheningan,
dan menyaksikan kue lumpur.

Pria dengan kurta berlumuran darah itu tetap tinggal,
menari-nari liar di kulit saya.

Di halte bus, antrian menunjukkan taringnya,
merayap, berdesak-desakan di jalur landai yang bergerak.

Saya mencengkeram lengan baju pria di depan,
itu robek di tanganku.
Itu adalah lengan kurta yang bernoda darah
lemas di telapak tangan saya.
Kulitnya yang telanjang, pecah-pecah, tertinggal
serpihan-serpihan di pikiran saya.

Saya menyewa taksi, saya pikir lebih aman, lebih cepat juga.
Taksi itu mengacak-acak jalanan;
Saya hampir sampai di rumah, pikir saya.
Tetapi cermin itu ternyata adalah
laras senapan,
dan pria dengan kurta berlumuran darah,
adalah tipe orang yang suka tabrak lari.

Saya mengangkat kurta saya yang bernoda darah,
bayangan terhadap matahari.

Harga Kentang

"Kegilaan adalah ketika seseorang menjadi dirinya sendiri, bukan seperti apa yang dunia inginkan." Dari mana datangnya kata-kata itu, dari novel yang sudah lama terlupakan yang dibacanya di masa kecilnya?

Hari-hari ini, dia adalah gambaran kesempurnaan. Wanita cantik, tersesat di balik riasannya, nyonya rumah yang menawan, pembicara yang brilian, fasih berbicara tentang politik dan masalah sosial terkini, menghabiskan waktu luangnya untuk mengumpulkan pakaian bagi mereka yang kehilangan. Dan dia, seorang eksekutif yang sukses, sepatu pintarnya yang berwarna senada dengan warna tas kerjanya, gambar istrinya terselip di antara lipatan-lipatan kulit, terkubur di suatu tempat di bawah koran-koran dan memo-memo kantor.

Mereka adalah pasangan yang serasi, menikah empat tahun sebelumnya, dan masih belum memiliki anak untuk mengejar mimpinya yang ambisius. "Kita belum mampu membeli anak," katanya, setiap kali topik ini disinggung, dan dia, yang setengah puas menjadi ibu rumah tangga, tidak keberatan. Ketika dia menginginkan kehangatan di jari-jarinya, dia memilih untuk membuat kue.

Dia memanggang makaroni kelapa dan pai lemon, melipat stroberi menjadi krim, dan menaburkan keju di atas kentang. Tayangan favoritnya adalah 'Yan Can Cook', menyaksikan orang Tionghoa yang ceria ini meracik mie dan potongan daging babi, menyeruput di atas wajan sambil tersenyum. Lapangan Tiananmen, dan penembakan seribu mahasiswa, adalah kenangan yang jauh dari ingatannya sekarang, sejauh kegilaan yang pernah melanda negara yang pernah ia tinggali sebagai seorang wanita karier. Dan kegilaan bukanlah oleh-oleh yang dibawanya pulang ke rumah.

Hari itu, saat bawang bombay mulai terlihat di layar televisi, terdengar suara ketukan di pintu rumahnya. Dia ada di sana, di luar, acak-acakan seperti yang belum pernah dia lihat sebelumnya, kekasih yang telah lama menghilang ini terengah-engah dengan cara yang tidak pernah dia ketahui. "Biarkan aku masuk," dia terkesiap, dan saat dia jatuh ke lantai, dia melihat warna merah yang semakin pekat di celananya. Di luar, terdengar suara teriakan, massa yang marah membuat suara buldoser. Dia menutup pintu dengan cepat di tengah kerumunan orang.

Dia terengah-engah, pria yang pernah mereka tolak, di masa-masa kuliahnya yang riang, takut bahwa dia akan menjadi salah satu dari empat istri jika dia menikah dengannya. Saat itu ia telah melawan keluarganya. "Sampah seperti itu," katanya, "mengapa Anda harus percaya pada stereotip yang bodoh?" Tapi mereka bersikeras, ayahnya yang dia kagumi, dan ibunya dengan mata anjingnya yang sedih yang tahu semua permainan emosi yang tepat. Dan dia tidak memiliki kekuatan yang cukup untuk bertarung. Jadi, dia telah menyetujui pasangan yang 'sempurna' sebagai gantinya, belajar untuk melupakan apa arti puisi dan cinta sejati baginya.

Sekarang di sinilah dia, menetes di pahanya, menipis ke jari-jari kakinya dalam tetesan air mata merah yang dalam dan marah. Ini bukan waktu untuk bernostalgia, ini adalah waktu untuk perban kasa dan Dettol, waktu untuk menghapus kesedihan dari keningnya, memberikan kompres dingin di dahinya, mencium pipinya. Koreng sudah mulai terbentuk di tempat mereka menikamnya, tetapi bahayanya bukan terletak pada luka-luka itu sendiri, tetapi pada apa yang akan ia lakukan untuk membalaskan dendamnya ketika ia pulih.

Di luar, massa sudah mulai bergemuruh di depan pintu rumahnya.

Ketika dia mengintip keluar, dia melihat kerumunan orang yang tidak rapi, mengacungkan pedang yang tidak pernah Anda lihat di zaman laptop dan scotch ini. Beberapa dari mereka memegang pecahan botol di tangan mereka, ujung-ujungnya berkilauan setajam mata mereka. "*Kahan hay woh?*", teriak mereka, ketika para tetangga bergegas masuk ke rumah mereka dan mengunci pintu. "Krrrashhhh!" sebuah botol menabrak jendela, dan ruang tamunya penuh dengan kaca. Dia berhenti bernapas pada saat itu, mulai menyeret dirinya dengan tenang, sangat tenang, ke dalam ruang di bawah tempat tidurnya. Namun jejak kemerahan tersebut menceritakan sebuah kisah yang seharusnya tidak pernah terjadi, ini adalah awal dari sebuah perjalanan, dan akhir dari sebuah perjalanan.

Jejak telah dimulai pada awal tahun delapan puluhan, pada hari-hari ketika idealisme masih terasa, dalam dribbling dan drabs di atas mandrax dan sesekali sendi. Dia adalah pecandu kuliah, dia adalah gadis yang mereka sebut sebagai "cewek cepat" dengan mengedipkan mata. Namun, pada masa-masa penuh minuman keras dan kegilaan, saat-saat tersembunyi di balik tangga, dan jam-jam di kantin yang beruap, dia mulai merasakan gejolak pertama dari sesuatu yang hanya mereka tulis di buku. Apakah benar, apa yang dirasakan oleh Romeo dan Juliet, atau dunia Harold Robbins yang lebih nyata, atau apakah kedua dunia ini menyatu menjadi sesuatu yang tidak dapat diungkapkan dengan kata-kata?

Dia mengutip Sartre dan Krishnamurti, menulis puisi untuknya tentang pelangi yang memanjat ke planet lain dan kecoak yang mati di air terjun. Dia, geli, bingung, tidak tahu apa yang harus dilakukan pada anak laki-laki yang belum berusia delapan belas tahun ini, dengan celana jins biru dan janggutnya yang baru tumbuh dua hari. Dan ketika muazin memanggil, dia hanya mengangkat bahu dan menyalakan satu lagi, atau menggenggam erat tangannya dan mengatakan tidak akan ada yang menghalangi mereka. Tidak ada apa-apa, dan sambil memegang dupatta-nya dengan malu-malu di wajahnya, dia memikirkan masa depan di mana pelangi benar-benar naik ke planet lain, dan membawa pulang pot-pot emas mereka.

Mereka telah menunjukkan anak laki-laki pertama kepadanya segera setelah itu. Usianya 24 tahun, berkumis rapi, dan horoskopnya sangat cocok. Awalnya dia menolak untuk berada di sana ketika dia datang, tetapi pada saat terakhir, sambil menggerutu, dia dengan cemberut tenggelam di sofa. "Tidak, aku tidak ingin menikah denganmu," katanya akhirnya, dan tidak mendengar kelanjutannya untuk waktu yang sangat lama.

"*Hare Ram*, anak ini akan menjadi kematian bagi kita," kata ayahnya, ketika pertemuan ketiga yang mereka atur dengan anak laki-laki yang memenuhi syarat juga menjadi bencana. Namun, ia tetap bertahan, selama ia bisa, dan belajar membentuk kata-kata, dan hidupnya bersama, menghasilkan sedikit uang di sana-sini sebagai penulis.

Suatu hari, tidak lagi menjadi pecandu rokok, dia menghilang, mengatakan bahwa dia memiliki sesuatu yang harus dilakukan. Dia menemukannya bersama gadis lain beberapa hari kemudian. Dan dia, 28 tahun, "di atas bukit", mengalah pada orangtuanya dan melangsungkan pernikahan di hotel bintang lima. Ia telah mencoba segala hal, termasuk tinggal di luar negeri selama satu tahun, dan pernikahan mungkin akan menjadi eksperimen berikutnya.

Ketika bulan madu yang suram dengan orang asing itu berakhir, ia beralih ke peran sebagai seorang istri korporat, menghabiskan waktu berjam-jam untuk mempelajari hidangan mewah dan menonton televisi. Bahkan tidak ada kepura-puraan tentang karier sekarang, dan meskipun kadang-kadang dia menulis dalam buku harian yang babak belur, waktu terasa sangat berat.

Suatu siang, saat dia tidur siang seperti biasa, dia bermimpi. Dia berada di dalam gurita raksasa, aula tengah yang luas dan gelap dengan terowongan tentakel yang melengkung ke berbagai arah. Para penyelam telah menghentikan air laut yang masuk melalui pori-pori di kulit makhluk tersebut, dan bahayanya, mungkin, telah hilang. Tapi dia sendirian di jalan sempit yang hitam, jauh dari keramaian, dan di atasnya, air menetes, pertanda bencana yang akan datang yang tampaknya tidak disadari oleh orang lain. Dan di ujung lain gua ada seorang aktris terkenal, yang langsing dan ramping, sedang berlatih untuk hari besar. "Saya tahu kita semua akan tenggelam," kata aktris ini, "tetapi sementara itu, pertunjukan harus terus berjalan." Dan dia terbangun, bertanya-tanya sejenak apa arti mimpi aneh ini, lalu mengabaikannya.

Sekarang, ada kerumunan orang di luar pintu. Dia berhasil menahan makhluk-makhluk itu, mengambil pisau dapur terbesar yang bisa dia temukan.

Ketika suaminya kembali, hanya ada pintu yang terbuka dan ruang di mana televisi dulu berada, beberapa botol yang pecah di lantai dapur, dan sofa yang terbalik di ruang tamu yang dulunya adalah rumah. Di kamar tidur, saat ia mengikuti jejak merah, ia menemukan mereka berdua, terjalin, tidak bergerak.

Kemudian, saat berkemas untuk mencari tempat lain di dunia yang tidak akan pernah waras lagi, ia menemukan sebuah buku harian, dengan tulisan tangan hitamnya yang jelas di atasnya.

"Kegilaan adalah ketika seseorang hanya menjadi dirinya sendiri," katanya. "Tidak seperti yang seharusnya.

Mereka mengatakan bahwa saya adalah penulis yang baik. Saya yakin dulu saya juga begitu.

Saat ini, kekhawatiran saya adalah debu di TV, makanan di atas meja, menjaga suami yang tidak saya cintai tetap bahagia. Di luar, kota ini dilanda kerusuhan, ditarik oleh kuda-kuda yang dilepaskan ke berbagai arah, suatu hukuman yang mengerikan untuk kejahatan yang kita semua lupakan. Rumah-rumah kelas menengah dibakar, massa menyerang, dan sisa-sisa rumah kumuh yang hangus berdiri membisu di pinggir rel kereta api. Saya, yang sedang melaju di dalam kereta api yang relatif aman, memikirkan kentang yang tidak tersedia, dan tomat yang harganya empat puluh rupee per kilo. Roti? Lupakan saja. Para wanita dari Bukit Malabar menyebutkan di salon kecantikan bahwa mereka menjualnya dengan harga dua puluh lima rupee untuk sepotong roti.

Dalam moralitas kelas menengah ini, tidak ada yang bergerak kecuali sendok di cangkir teh saya. Saya, yang duduk di kursi goyang, mengupas kacang polong untuk makan malam.

Di luar, kotoran menumpuk; mayat-mayat yang diambil dari nullah mulai membusuk beberapa hari yang lalu. Halte bus yang menghitam di bawah sinar matahari merosot di atas batu-batu yang ditinggalkan di jalanan.

Petugas kebersihan saya membunyikan bel, dia memberitahu saya sambil mengambil sampah bahwa rumahnya akan terbakar. "Apa yang bisa kita lakukan?" tanyanya, "kita harus bekerja di siang hari dan tetap berjaga di malam hari." Mereka adalah orang-orang biasa yang telah membangun bisnis kecil mereka dengan susah payah selama beberapa dekade, orang-orang yang memiliki istri dan anak-anak yang meringkuk di gubuk-gubuk yang dapat diratakan kapan saja.

Ini bukan sekadar kekerasan komunal, ini telah jauh lebih dalam menuju kegilaan, menyentuh kita semua dalam banyak hal.

Saya dulu adalah seorang penulis yang baik, saya diberitahu. Tetapi kata-kata itu telah tersingkir. Kekhawatiran saya adalah harga kentang dan resep yang dapat mengubahnya.

Hal-hal ini menjanjikan keamanan, bukan?

Namun saya lupa bahwa harga kentang berbanding terbalik dengan harga nyawa manusia.

Lihatlah kompor yang meledak di wajah saya."

EPILOG

Seekor Gagak Menemukan Kakinya

Pada awalnya, garis-garisnya lembut-sedikit keanehan di antara bibir, tanda-tanda tawa di sekitar mata, mengembang sedikit ke atas di mana kulitnya masih kencang. Tidak ada yang berubah; Anda mengemas 48 jam dalam sehari, seperti yang selalu Anda lakukan, memasak, membersihkan rumah, mengutak-atik komputer, tenggelam dalam buku, pergi minum-minum, atau lima kali, bersama teman-teman. Cermin menatap balik ke arah Anda, dan pinggang Anda masih dua puluh empat inci karena Anda berada dalam mode penyangkalan dan kebenarannya adalah bahwa di suatu tempat di sepanjang jalan, ukuran pinggang Anda sudah berlipat ganda tetapi Anda tidak tahu.

Semua orang selalu mengatakan bahwa Anda perlu menurunkan berat badan, Anda dulu sangat kurus, tentu saja mereka hanya bersikap kasar karena Anda sama saja, bukan, ingatan Anda masih tajam seperti biasanya, mengingat detail-detail kecil tentang kencan romantis di usia dua puluhan, pria dengan rahang Dewa Yunani dan batang pohon sebagai lengan, dan semua buku-buku yang Anda baca tentang wanita cerdas dan pilihan yang bodoh. Anda adalah burung yang bebas, bahkan jika Anda bukan burung kingfisher melainkan burung gagak, Anda tidak akan pernah menetap, kepala Anda dipenuhi dengan rencana untuk berkeliling dunia hanya dengan laptop tepercaya di sisi Anda. Komitmen adalah untuk pecundang, kata Anda, saat Anda membeli tiket berikutnya ke mana-mana, dan mencoba untuk tidak memikirkan apakah, setidaknya kali ini, Anda akan berkencan pada Malam Tahun Baru.

Kemudian Anda melakukan penerbangan demi penerbangan, berhenti untuk menelusuri tambang emas di Filipina, menarik napas di lereng gunung di mana lembah-lembah membentang di depan mata Anda dan puncak-puncak pohon bergoyang sedikit di luar jangkauan. Anda berdesak-desakan di antara kerumunan orang di stasiun bus yang asing, berlari dengan koper Anda untuk mengejar kereta api saat peluit berbunyi, tersesat hampir setiap saat, dan entah bagaimana selalu menemukan diri Anda kembali. 'Ou *est le gare, s'il vous plait*?" adalah kalimat yang Anda gali dari kenangan kelas bahasa Prancis saat Anda berjalan-jalan di Paris, karena jika Anda mengetahui di mana stasiun kereta api berada, Anda akan kembali ke asrama masa muda, sejauh apa pun Anda berkelana. Ketika Anda kembali ke tempat yang sudah dikenal, setelah berbulan-bulan tinggal di tempat tidur murahan, dan benar-benar bangkrut, Anda akan merasa sedikit lega, tetapi tentu saja, Anda tidak bisa mengakuinya!

Ketika seorang teman yang lebih tua berusia empat puluh tahun, dia berkata syukurlah; di masa muda, Anda harus terus membuktikan diri kepada semua orang, tetapi ketika Anda mencapai usia saya, Anda akhirnya merasa nyaman, Anda bisa menjadi diri Anda sendiri. Anda memikirkan hal itu dan teringat bahwa pada suatu hari, seorang dokter telah memberi tahu Anda, dengan penuh simpati di matanya, bahwa Anda akan mengalami serangan rasa sakit yang luar biasa di punggung dan lutut Anda setelah Anda melewati usia empat puluh tahun. Ini akan menjadi pengulangan rasa sakit yang sudah Anda kenal dengan baik saat remaja, cedera tulang belakang yang sama yang membuat Anda tidak dapat pergi ke pesta dansa dan membuat setiap kunjungan ke toko sepatu menjadi pengalaman yang traumatis karena Anda tidak akan pernah bisa mengenakan stiletto yang indah itu. Dan Anda berpikir, sebagai seorang gadis muda, usia empat puluh adalah usia yang baik untuk meninggal, itu akan memberi Anda cukup waktu untuk menikmati hidup dan Anda masih cukup muda untuk pergi keluar dengan penampilan yang baik.

Ulang tahun Anda yang kelima puluh membuat Anda terkejut. Namun, apakah Anda telah berhasil sejauh ini, Anda berpikir, saat Anda mewarnai rambut abu-abu Anda menjadi warna rambut cokelat yang paling gelap, mereka menyebutnya hari ini, karena kedengarannya lebih trendi, produk trendi yang digunakan Aishwarya Rai, bukan sesuatu yang dimaksudkan untuk orang tua yang tidak mau menerima usia mereka. Pada saat itu, garis-garis di sekitar mata Anda sudah semakin mengkhawatirkan dan burung gagak telah menancapkan kakinya ke dalam kulit Anda, mengeluarkan sedikit darah yang tidak terlihat oleh siapa pun. Botox adalah jawabannya, semua orang bilang, tetapi ketika produk ini diluncurkan, duta mereknya, seorang bintang film yang sudah pudar yang pernah Anda anggap cantik, tetap menyebutnya 'Bokong' dan entah bagaimana hal itu membuat Anda ragu. Bokong di sekitar mata Anda? Tidak, terima kasih! Lebih baik membiarkan tas-tas tersebut terkumpul dan menyimpan kebijaksanaan yang telah Anda peroleh di dalamnya.

Secara bertahap, Anda mendapati diri Anda menolak setiap foto diri Anda yang diambil, karena lingkaran hitam dan garis-garisnya lebih menonjol daripada yang Anda inginkan. Dalam perjalanan ke Goa, saat Anda mengunjungi kasino, Anda mengenakan celana jins bermotif bunga yang seksi dan menyembunyikan tonjolan di balik jaket. "Bibi," anak-anak muda tetap memanggil Anda, terkejut melihat gin dan tonik di tangan Anda karena wanita tua tidak seharusnya minum, ini menjadi contoh yang buruk. "'Tante?" Anda akan mengomel pada teman Anda, "Tante!" "*Arrey, ya*," dia menghibur Anda, "setidaknya mereka tidak mengatakan 'nenek'!"

Tapi Anda sudah sampai di sana. Anda sering teringat dengan penyiar berita Doordarshan yang sudah lama pensiun yang pernah menulis di sebuah majalah tentang bagaimana dia bingung saat membeli tiket kereta api dan petugas mengembalikan sejumlah uang kepadanya meskipun dia telah membayar jumlah yang benar. "Diskon untuk warga senior!" putranya menyadari, tertawa terbahak-bahak, dan tiba-tiba ia tersadar bahwa usianya sudah melewati 60 tahun. Hari ulang tahun Anda akan segera tiba dan putri Anda berkata, "Tidakkah kamu suka ulang tahun, Bu?" dan Anda mendapati diri Anda berkata, "Tidak, tidak lagi, saya tidak suka". Dan ketika kue tiba, Anda harus berhati-hati untuk meletakkan hanya satu lilin di atasnya 'untuk keberuntungan' karena jika Anda menaruh banyak lilin seperti yang diminta oleh usia Anda, kue itu akan berantakan. "Berantakan?" suami Anda menyeringai. "Maksud Anda, ini akan menjadi bahaya kebakaran!"

'*Saya telah membuat komitmen saya sekarang*,' penyair Nissim Ezekiel pernah berkata, dan ketika Anda melihat ke belakang, Anda menyadari bahwa Anda juga telah melakukannya. Dan itu tidak terlalu buruk, bahkan dengan pinggang empat puluh lima inci dan dagu ganda serta rambut-rambut panjang di leher Anda, yang terus tumbuh setiap kali Anda melakukan waxing.

Terkadang Anda bertanya-tanya apa yang membuat Anda berpikir bahwa usia empat puluh tahun adalah usia yang tepat untuk pergi. Anda telah berhasil melampaui itu dan gadis di cermin masih terlihat muda, setidaknya di mata Anda sendiri. Anda berdamai dengan dunia dan dengan kepala Anda, dan bahkan dengan burung gagak yang telah membuat rumah di wajah Anda. Anda menyentuh sayapnya sesekali dan mengingatkan diri Anda bahwa sarangnya belum kosong.

BEBERAPA PANDANGAN TENTANG PUISI MENKA SHIVDASANI

Saya telah mengenal Ibu Menka Shivdasani selama lebih dari sepuluh tahun. Dia sangat berbakat sebagai seorang penyair... Saya selalu menemukan prosa dan puisinya yang mengesankan dalam kedewasaannya, tidak hanya menjanjikan dan hidup, tetapi juga dengan ide-ide yang khas dan dipikirkan dengan cermat.

Nissim Yehezkiel

1988

Menka Shivdasani... layak untuk lebih dikenal.

E V Ramakrishnan
Indian Express, 17 Januari 1988

Menka Shivdasani membawa mata seorang jurnalis yang sudah terlatih ke dalam situasi sehari-hari-pekerjaan dapur, menonton Ramayana di TV, kecelakaan di jalan-dan men-charge mereka dengan listrik yang langka dan nyaris tidak bisa dikontrol; listrik ini mengejutkan dan terkadang membuat pingsan. Dengan demikian, benda-benda domestik yang sudah dikenalnya mendapatkan identitas yang mengganggu dan sering kali jahat... Puisi-puisinya yang terdahulu, seperti *Hinges, Crystal, A Reason to Live, Are You There?* dan *Today's Fairy Tale*, beberapa di antaranya ditulis saat ia masih berusia 16 tahun, juga sama mengganggunya, seperti karya-karyanya yang lebih baru, tetapi dengan cara yang lebih tenang dan tidak terlalu spesifik... Dengan senang hati, saya menerbitkan apa yang saya anggap sebagai buku pertama yang kuat dan mengejutkan.

Adil Jussawalla,
Nirwana di Sepuluh Rupee, 1990

"Ketika, dalam buku puisi pertamanya, seorang penyair memeriksa implikasi dari hidup dengan dirinya sendiri di dunia yang semakin membutakan orang, dan melakukannya dengan cara yang sangat jujur, orang hanya bisa duduk dan bertepuk tangan. Saya sepertinya akan melakukan hal ini dengan buku pertama Menka Shivdasani... Menka Shivdasani membuat debut yang patut ditiru sebagai seorang penyair dalam koleksi ini... *Nirvana di Sepuluh Rupee* layak untuk diperhatikan secara serius. Berikut ini sebagian puisi yang mencapai keindahan yang bertanggung jawab. Sebuah buku puisi, yang dengan tulus dirasakan, yang bisa membuat jejak seandainya muncul di mana pun di dunia.

Jayanta Mahapatra
The Telegraph, 29 Maret 1991

Untuk volume pertama, buku [*Nirvana at Ten Rupee* memiliki tiga puluh satu puisi dengan kualitas yang cukup membuat iri... Puisi-puisinya berakar pada pengalaman dan itu menunjukkan kedewasaannya sebagai seorang penyair.

Santan Rodrigues,
Harian, 7 April 1991

(Menka Shivdasani) memahami apa yang dipahami oleh semua penyair secara naluri: kehidupan pikiran seseorang sulit dipertahankan dalam dunia yang penuh dengan logam, cetakan atau plester... Setidaknya ada enam puisi di sini yang dapat dengan mudah dibandingkan dengan yang terbaik dalam tradisi bahasa Inggris India. Mereka bersatu dalam dua puluh halaman terakhir buku ini: *Mengapa Kelinci Tidak Pernah Tidur*, *Pekerjaan Perbaikan*, *Kaya Protein*, *Kawat Hidup*, *Kayu Berkuda Merah*, dan *Malam Lilin*.

K Narayana Chandra, Kronik
Puisi, Mei-Agustus 1991

Shivdasani menyebut dirinya sebagai penyair ibu rumah tangga, tetapi ia tidak membatasi diri sebagai konsekuensinya. Sikapnya yang terlihat seperti seorang ibu rumah tangga adalah kekuatannya. Ini adalah titik awal untuk penjelajahan yang lebih besar... Dunia ini berbahaya dan terlalu banyak dengan kita dan volumenya adalah kesaksian akan fakta itu... Dia menggemakan ketakutan, rasa sakit, dan harapan, dari banyak dari kita yang, yang tinggal dan sebagian tinggal di konglomerat perkotaan, tahu betapa ringkihnya segala sesuatunya. Dalam menarik perhatian kita dengan cara ini, ia menarik perhatian sebagai suara baru yang penting dalam puisi India-Inggris.

Mohan Ramanan, Ulasan Buku
India, Maret 1992

Banyak puisi Shivdasani mengikuti urutan logis ... meskipun sangat banyak logika dari pertanyaan-pertanyaan yang diajukannya tentang berbagai peristiwa, tetapi puisi-puisi ini hampir selalu diakhiri dengan sebuah kejutan, twist yang tidak biasa ... ia juga dapat dengan senang hati bersikap sarkastik dan jenaka ...

Sudeep Sen, Ulasan
Puisi, London, Musim Semi 1993

Kepedulian Menka Shivdasani berkisar dari hubungan antara manusia dan keilahian hingga 'pertanyaan tentang wanita'. Berhati-hati agar tidak dikotak-kotakkan sebagai penyair wanita, Shivdasani, seperti penyair lainnya pada tahun 1990-an, membahas kota dan konfigurasi hubungan yang sangat banyak. Shivdasani juga seorang penyair tentang kehilangan dan kenangan... Ada nada geli yang terpisah dan diam-diam dalam diri Shivdasani yang menyegarkan.

Pramod K Nayar, Puisi India
Kontemporer dalam Bahasa Inggris
(Sahitya Akademi), 1999

Dalam *Nirvana at Ten Rupee* (1990) karya Menka Shivdasani, konvensi sosial dan mitos budaya merupakan musuh dari diri yang tertekan, marah, dan imajinatif... Sebuah pilihan yang cermat yang mencakup kerja selama dua belas tahun, tetap menjadi salah satu buku puisi pertama terbaik yang muncul selama tahun 1990-an... Puisi ini selalu memiliki pencitraan yang tinggi, cerdas, mengejutkan, lucu, dan mengejek diri sendiri... Puisi-puisinya menyatukan sebuah dunia pribadi yang penuh dengan emosi yang kacau melalui pengembangan logis dan gambaran imajinatifnya yang sangat mencolok...

Bruce King, <i>Puisi India
Modern dalam Bahasa Inggris, Edisi Revisi,
Oxford University Press, 2001

Shivdasani telah belajar banyak dari pengamatan tajam Ezekiel, humornya yang mordant, penggunaan ritme dan intonasi bahasa Inggris standar India. Kualitas-kualitas ini diberikan sisi feminis dalam idioleknya... [*Stet*] tidak diragukan lagi merupakan pencapaian yang luar biasa.

Kaiser H
aq The <i>Daily Star</i>, 20 Maret 2004

"

Dia [Menka Shivdasani] pernah bekerja sebagai jurnalis di Hongkong dan beberapa puisinya berlatar belakang di sana, yang lainnya tentang bentangan konflik rasa atau jiwa yang tidak dapat disebutkan namanya. Di mana pun mereka berada, suaranya sejuk dan tidak mengganggu.

Jeet Thayil
Buku Darah Penyair India Kontemporer, 2008

Seorang penyair Inggris India yang penting saat ini, yang koleksi pertamanya, *Nirvana at Ten Rupee* (Praxis, Mumbai) muncul pada tahun 1990, Menka Shivdasani mengeksplorasi berbagai tema mulai dari pertanyaan tentang kekerasan terhadap wanita dalam apa yang disebut sebagai pengaturan perkotaan yang 'beradab', hingga aspek-aspek kehilangan dan ingatan, lanskap kota, hingga kerumitan hubungan antarmanusia. Buku keduanya, *Stet...* membawa kita lebih jauh ke dalam dunia yang penuh dengan rasa sakit, kehilangan dan vitalitas.

Charanjeet Kaur,
www.museindia.com, 2010

Sisi sinis dan runcing selalu menghiasi karya Menka Shivdasani. Dalam koleksi individu ketiganya ini, yang telah berkembang selama lebih dari satu dekade sejak buku terakhirnya, *Stet*, Shivdasani telah mengasah dan menyempurnakan cakarnya untuk menghisap darah: '*Saya juga memiliki cakar/ yang tenggelam sempurna ke dalam elang/ dengan matanya yang seperti manik-manik*'. Ini adalah buku yang menyajikan perspektif wanita dari berbagai sudut pandang: lembut dan buas, peduli dan sembrono, menantang dan lembut. Volume yang mencolok dan orisinil yang layak untuk ditunggu.

Mano**har Shetty Rum**
ah Aman, **2015**

Tampak tenang dalam pendekatannya, puisi-puisi Shivdasani menatap tajam pada dunia yang ada di sekitarnya dan di luarnya. Dengan tema yang lebih besar daripada rumah dan perapian, namun tertanam dalam hal-hal kecil, puisinya mengubah momen menjadi jeda. Dibutuhkan penyair dengan pengalaman panjang untuk menciptakan kegelisahan seperti itu melalui kehalusan seperti itu... Puisi demi puisi membawa kita melewati keterasingan, kesepian dan kerapuhan hubungan. Ada kekerasan dalam puisi Shivdasani. Kadang-kadang eksplisit seperti dalam puisi seperti *Sepia Tome* dan *Veils*, tetapi lebih sering disampaikan melalui kata-kata yang lembut dan kaya akan gambar. Dia menyandingkan frasa yang ringan dengan bobot yang berat. Mengubahnya menjadi pertanda tempat yang mengganggu, mungkin entitas yang menunggu untuk menerkam. Puisi-puisinya memberikan kesan membawa pembacanya ke suatu sudut, dan tiba-tiba berbalik pergi, meninggalkan sedikit petunjuk, terkadang begitu halus, seperti bulu mata di dalam kaca. Anda tidak tahu apa yang akan terjadi di depan, tetapi perasaan tidak nyaman itu selalu ada.

R K Biswas
Kitaab, 2017

Tentang Penulis

MENKA SHIVDASANI

Menka Shivdasani memiliki tiga koleksi puisi sebelumnya. Buku pertamanya, Nirvana *at Ten Rupee*, diterbitkan oleh XAL-Praxis pada tahun 1990. Kumpulan puisi keduanya, Stet, pertama kali terbit pada tahun 2001, dan koleksi ketiganya, Safe H*ouse*, diterbitkan pada tahun 2015 oleh Paperwall Media.

Menka telah menyunting sebuah antologi tulisan perempuan, *If the Roof Leaves, Let it Leak*, untuk Sound and Picture Archives for Research on Women (SPARROW), dan dua antologi puisi kontemporer India untuk majalah elektronik Amerika, www.bigbri*dge.org*. Ia juga merupakan salah satu penerjemah dari antologi puisi Partisi Sindhi, *Kebebasan dan Celah* (Sahitya Akademi).

Menka telah diterbitkan secara luas, baik di India maupun di tempat lain, dan karyanya terwakili dalam *Sastra India dalam bahasa Inggris: Sebuah Antologi*, buku teks gelar Sarjana Seni Tahun Kedua dari Universitas Mumbai. Pada tahun 1986, ia memainkan peran penting dalam mendirikan Poetry Circle.

Kiprahnya sebagai jurnalis termasuk bertugas di *South China Morning Post* di Hong Kong, dan menerbitkan tiga belas buku sebagai penulis/editor, tiga di antaranya diterbitkan oleh Perdana Menteri India saat itu, Atal Bihari Vajpayee.

www.ingramcontent.com/pod-product-compliance
Lightning Source LLC
LaVergne TN
LVHW041839070526
838199LV00045BA/1353